過ぎる十七の春

小野不由美

角川文庫
23494

目次

プロローグ

――やめてください、お願いします。

――この子はわたしの子供です。

――おかあさん。

第一章

1

陽《ひ》は高く白く、山は午睡《ごすい》をむさぼる形。なだらかな稜線《りょうせん》は緑、遠いほど霞《かすみ》に淡《あわ》く、近いほど新緑に濃《こ》い。

細い渓流《けいりゅう》沿いの道を、くすんだ象牙色《ぞうげいろ》と小豆色《あずきいろ》のツートン・カラーのバスが走る。直樹《なおき》はその車内、小豆色のシートにもたれて窓の外を見ていた。

ガードレールの向こうには碧《あお》い水。あちこちで瀬をつくり、渓流に突き出た石に当たっては白く砕《くだ》けて駆《か》けくだっていく。

渓流の両岸から、うなだれ、のぞきこむようにして緑が枝を差しかけていた。アスファルトの上に影を落とす新緑の枝、谷川をはさんだ対岸は土の色も露《あらわ》な崖《がけ》で、たどる道もないのだろう、渓流に倒れこむようにこんもりと緑が盛られている。

人気《ひとけ》のない路線バスの車内には、梢《こずえ》から滴《したた》った碧《みどり》の影がたゆたっていた。碧の合間《あいま》に木漏《こも》れ陽《び》が白くて、車はまるで海底を走っているようだ。乗客は直樹と、前方に離れて座っている妹だけ。その妹の典子《のりこ》も眠ったようにしてシートに頭をあずけている。しんと静謐《せいひつ》に、ただ軽いエンジン音だけが響《ひび》く。

フロントガラスでは、道に迫った緑が右に左に切れていく。対岸の林の上から、渓流の奥に続くまろやかな形の山。先細りに深く切れこんだ谷間を、緑をかき分けるようにして、より深い懐《ふところ》へ向け、バスは走る。

峡谷の一番奥を曲がったとたん、いきなり視野が開けて車内が陽光に白く染まった。

「わあ……」

小さく声をあげたのは、典子だった。どうやら眠っていたわけではなかったらしい。子供のように一番前の座席を占めた小柄な身体《からだ》が、身を乗り出すようにして前屈《まえかが》みになった。

直樹もまた、突然あふれた陽射《ひざ》しに目をしばたたいた。

そこは谷間の里、花に埋《うず》もれた谷だった。

四方にはゆるやかに曲線を描く山の連なり、山裾《やますそ》を囲むのは杉並木。細いまっすぐな幹《みき》は深い樹影に白く、こっくりとした緑を頂上にのせて林立している。杉木立に囲まれた小さな谷間に開けた田畑と、寄ったり離れたりしながら点在する家並みと。

——そして、花。

狭い谷間がけぶるほどの花。田圃《たんぼ》には一面の蓮華《れんげ》。蒲公英《たんぽぽ》。菜の花。遠くなるほど濃さを増す紅や黄色の絨毯《じゅうたん》の合間、浮き島のように白く丸いのは桜、桜、桜。家々の軒先《のきさき》から花を開く、木蓮《もくれん》、海棠《かいどう》、桃《もも》、椿《つばき》。水木《みずき》、山吹《やまぶき》、雪柳《ゆきやなぎ》。生け垣の馬酔木《あせび》、三椏《みつまた》、連翹《れんぎょう》。白に、黄色に、薄紅に、薄紫に咲き乱れる花たち。

谷一面の、花の色。

「すごいねぇ」

座席をすべりおりた典子が、千鳥足で直樹の所へ戻ってきた。カーブに傾き、半《なか》ば転《ころ》ぶようにしてすとんと直樹の脇《わき》に尻餅《しりもち》をつく。

「ぜったい、お伽《とぎ》の国みたいだよね。花の里」

花の里。まさしく。

幾重《いくえ》にも重なった桜のせいで、谷の色はまず目に白い。これが桃の薄紅なら、いっそ桃源郷《とうげんきょう》にでも迷いこんだかと思うほどだ。

「きれい。——ほんとに」

つぶやいた典子に、直樹は笑ってみせる。

「いまさらだろ。お前、毎年そうやって大騒ぎするのな」

「何度見てもすごいもん。——不思議だよね、こんな時期に春咲きの花がぜんぶいっぺんに咲き揃うなんて」

「緯度と標高のかねあいだろ。陽射しはこんなで、気温が低いから」

窓の外を見やっていた典子が、うらめしげに直樹を振り仰《あお》いだ。

「そういうことを聞きたいんじゃないの」

「はいはい。キレイ、キレイ。よかったなー」

「そういうことでもないっ」

典子の膨《ふく》れっ面《つら》を笑いながら、直樹は景色で目的地が近いのを知る。

「ほら、降りるぞ」

軽く典子を小突《こづ》いて荷物をまとめ、バスの先頭にある両替機《りょうがえき》に向かったとき、運転手がふたりしかいない乗客に話しかけてきた。

「旅行ですか」

まあ、と言葉を濁《にご》す直樹の横で典子が明るい声を返す。

「親戚《しんせき》の家に遊びに来たんです」

「こちらは初めてで？」

折り目正しい人柄のようだ。寂《さ》びてはいるが丁寧《ていねい》な声で訊《き》いてくる。道に目をやったままの横顔には人好きのする笑《え》みが浮かんでいた。

「いいえ。毎年春と夏には来るんです。今年はずいぶんあったかいですね」

「急に陽気がよくなってね。冬は雪がきつかったけど。三月に入ったとたん、気が変わったみたいにあったかくて。――お兄さんですか？」

「ハイ。不肖《ふしよう》の兄です。早くカレと来る身分になりたい」

典子の台詞《せりふ》に運転手は声をあげて笑った。

「親戚のおうちはどこです？」

典子は手を上げて、ゆるくカーブを描いている道の向こうを指さした。

「あっちのほう。里の外《はず》れの集落です」

運転手は再び笑う。「里」という言い方はいいね、と言って。

「停留所を少し行ったところ？　だったら、そこまで乗っていきなさい。間道《かんどう》の前で降ろしてあげますよ」

典子が歓声をあげた。


花の間をくぐり抜けるようにして、バスはさらに谷間を分け入る。停留所を通り過ぎ、三分ほど走って里を抜けた。

ふたりは里からほど遠からぬ杉並木の脇でバスをとめてもらった。谷間は細長く、奥には十軒ほどの家が軒を連ねた小さな集落がある。集落へ向かう細い道と県道は、ゆるやかなカーブを描いてそこから互いに離れていく。道と道の間に残された中州《なかす》のような斜面にも、余白を惜《お》しむようにして杉が植えてあった。

運転手に礼を言い、典子にいたってはおやつに持参のクッキーをプレゼントしてバスを降りると、船を送るように手を振って車輛《しゃりょう》を見送る。山間《やまあい》の道をおもちゃのように去っていくバスをいつまでも見送る典子を肘《ひじ》でついて、直樹は歩きだした。林の間を踏み分け道のような間道が細く延びて斜面をくだり、細いコンクリートの道に通じている。

「親切な運転手さん。もうけちゃったね」

典子は上機嫌《じょうきげん》だった。

十メートルほどで木立が切れると、ぽつぽつと家が並ぶ小さな集落に出る。ここも一面の花だ。そうして、その家並みの中で最も里に近い家。それがふたりの向かう伯《お》母《ば》の家なのだった。

その家は集落の外れにある。山の斜面に石垣で支えられて、他の家々より一段高い。人の背丈ほどの高さの石垣の上には一面に桜が植えられていて、白い枝を道に向かって差しかけていた。

「今年はよく咲いてるね」

典子が頭上を仰いだ。

桜にも当たり年があるようだ。花の薄い年と、濃い年がある。

「陽気がいいからな」

答えながら、直樹は並木のように枝を重ねた道を見やった。左には石垣と桜。右には杉並木。この集落は通り過ぎた里よりも一斜面分高い。そのせいで、桜と杉の梢がつくるアーチの間に谷間の里が一望できた。

離れれば里は緑だ。そこに白く桜の森が点在するように見える。春らしい優雅でのどかな眺《なが》めだった。

行こうよ、と典子に促《うなが》されて、直樹は川石を敷いた石段に足をかける。同時に上からよく通る声が降ってきた。

「いらっしゃい」

見上げると、茅葺《かやぶ》き門の格子戸《こうしど》を開けて、従兄弟《いとこ》が顔をのぞかせていた。

「隆《たかし》ちゃんだー」

典子が手を振る。

「どうして分かったの」

「庭にいたから、声が聞こえた。お疲れさん」

片手に花鋏《はなばさみ》を持ったまま、軽い足どりで石段を降りてくる。

「今年もヨロシク」

典子のおどけた会釈《えしやく》に、うん、と頷《うなず》いて隆は直樹に微笑《わら》いかけた。直樹も従兄弟に笑い返してやる。

「よぉ。背、伸びたな」

直樹は自分の額《ひたい》のあたりまで伸びた隆の背丈を眺める。去年までは鼻先までしかなかったのに。

「去年の夏以来だから。最近伸びてるし、そのうち直樹を抜くよ」

「ちぇ。俺、もう止まり始めてる」

同い年、半月違いの従兄弟同士だった。といっても直樹は三月の生まれ、隆は四月の生まれだから、学校では一学年違う。ずいぶん晩稲《おくて》の従兄弟で、ずっと直樹のほうが大きかったのに。すでに十七が間近、このぶんでは下克上《げこくじょう》の日は近いかもしれない。

ちゃっかり典子が地面に降ろした荷物を、隆は当然のように拾いあげる。

「お疲れ。母さん、待ってる」

「ああ。伯母さん、元気？」

「うん。――ちょうどいい。典ちゃん、なんの花がいい？」

石段を上がりながら隆が、花鋏を軽くかざしてみせた。

2

隆の家は、もともと富裕の農家で、山荘ふうに建てられた古い建物に改装を重ねたものだと、直樹は聞いている。地所は東西に長く、北西は杉山に接し、南は花の里に向かって開けている。庭から南を見やれば、地所が高いぶん視野を遮《さえぎ》るものはなく、谷間に開けた山里を一望できた。

家はのびやかな数寄屋造《すきやづく》り、その庭は里とは別の意味で花に埋もれている。すでに鬼籍《きせき》に入っている書家だった隆の父親と、直樹の伯母である母親が丹精《たんせい》した庭だ。茅葺き屋根の数寄屋門の脇には緋木瓜《ひぼけ》の大木。枯れた茅の色と木瓜の真紅がよく似合う。古色のついた吹寄連子《ふきよせれんじ》の格子戸から、赤い花が点々とのぞいているのも風情《ふぜい》があった。

格子戸をくぐると前庭が広がる。道に面した桜の古木、露地《ろじ》のほうへ向かって植えられたのは黒竹と業平竹《なりひらだけ》。玄関と露地へは飛び石が続いていて、その両脇は一面の緑。伸びきった芝のように見えるが、まだ花をつけてない野草の群れだ。

緑の間には白木蓮《しろもくれん》が一本、すっきりと背伸びするように立っていた。木蓮を中心に、淡い色の群生をつくっているのは、黄色の母子草《ははこぐさ》、白い蒲公英、青は瓢簞草《ひょうたんぐさ》と十二単《じゅうにひとえ》の濃淡、赤い捩花《ねじばな》に烏野豌豆《からすのえんどう》。とりまく緑は大葉子《おおばこ》に、蓼《たで》、酸葉《すいば》、芹《せり》に露草、霞でもかかったように淡い色に見えるのは、混じった薺《なずな》が微細な花をつけているからだ。

野草に埋もれた家だった。野草と呼べば聞こえはいいが、人によっては雑草と言う。心ない者にかかれば荒れた庭だと映《うつ》るかもしれない。本当は下手《へた》に庭を整えるより数段手のかかった庭であることを、直樹も典子も知っていた。趣を損《そこ》なわないように自由奔放《ほんぽう》な野草を整理していくのは、根気のいる作業だった。好きでなければ到底できない。

築山《つきやま》もなく池もない。凝《こ》った植え込みもなかった。東の道に面して目隠し代わりに並んだ樹木をのぞけば、丈高い樹《き》も数えられるほど。そこにあるのは野山のどこにでもあるものばかり、野にあるものをあるがままにそっと置いた、という風情。まるで山野を切りとったように。──それはひどくこの家の住人に似つかわしく思われる。

「……春だなぁ」

典子は南に花の里を見やって軽く伸びをした。竹で編んだ低い四つ目垣、その向こうから石垣の縁《ふち》までは茅萱《ちがや》が繁って、小動物の尻尾《しっぽ》のように柔毛《にこげ》に覆《おお》われた真っ白な花穂を揺《ゆ》らしている。その白銀の波の向こうに見える花の里。

三人してそののどかな眺めに見入ったとき、主庭のほうから伯母の美紀子《みきこ》が姿を現した。

る。

「いらっしゃい。お疲れさま」

美紀子の声はおっとりと明るい。紺《こん》の絣《かすり》と、紅《あか》い縁どりの前掛けがよく似合ってい
美紀子は、直樹たちの母親である佐藤由岐絵《さとうゆきえ》の姉だった。夫の久賀芳高《くがよしたか》に先立たれ、以来茶道を教授しながら独力で隆を育てている。

美紀子と由岐絵と、似たようで似ていない姉妹だと誰もが言う。細面《ほそおもて》で色の白いところは共通だが、美紀子が上品で物静かなのに較べ、由岐絵にはおきゃんなところがある。美紀子は野草を丹精するが、由岐絵はチューリップやヒマワリや、そんな花を植えたがった。おかげで直樹の家の花壇は、小学校か幼稚園のようなありさまだ。

ないものねだりの典型で、直樹も典子も美紀子の落ちついた雰囲気《ふんいき》にはずっと憧《あこが》れを抱《いだ》いている。

典子がおどけて頭を下げる。

「へへ。またお世話になりまーす」

「お茶にしましょうね。桜餅《さくらもち》を作ったから」

「わあい」

典子の声は直樹を苦笑させるほどに屈託《くったく》がない。

「桜餅、さくらもち。——先に荷物を置いてくるね」

言って踵《きびす》を返す。「置いてくる」と言いながら、実際に荷物を持ったのは隆だ。その隆を背後に従えて、典子は飛び石を跳《は》ねるようにして玄関に向かう。滑《なめ》らかな川石は二連打ち、ひとつずつ踏んでいく典子は、二歩跳んでは蛇行《だこう》する。その石のそばには土筆《つくし》が小さく頭を出していた。

――春だ。

3

玄関の戸は開いている。アルミサッシではなく木製の連子《れんじ》格子《ごうし》に磨《す》り硝子《ガラス》の入った戸だ。この家にはサッシの入ったところが一箇所もない。防犯上は頼りないが、どうせろくに戸締まりもしないような山里だ。古びれば滑《すべ》りが悪くなって開け閉《た》てが重くなる。それを修理するのは隆が父親から受け継いだ重要な仕事のひとつだった。

中に踏みこむと、三和土《たたき》にはしんとした空気が淀《よど》んでいた。玄関にまで家の中の喧《けん》噪《そう》と、台所の匂《にお》いが漂《ただよ》ってくる直樹の家とはまるでたたずまいが異なっている。それこそ、別世界のとばぐちのように。

瓦《かわら》を敷いた広い土間と長い上がり框《がまち》、入った正面の襖《ふすま》は開け放してあって、小さな衝立《ついたて》の前には八重山吹と小手《こで》鞠《まり》が活《い》けてある。欄間《らんま》は細かな組み格子の花狭間《はなざま》、組みはリズミカルな菱蜻蛉《ひしとんぼ》。――美紀子と隆の影響で直樹はこんなことには詳しい。おかげで同級生からは若隠居《わかいんきょ》の綽名《あだな》をもらっていた。

玄関の三畳を抜けて廊下《ろうか》へ。磨《みが》かれた廊下は、艶《つや》やかな色をしている。長く、曲がりくねった廊下は、直樹にとっても典子にとっても、少なからず「迷いこんだ」感覚を感じさせるものだった。

直樹の父親はごく普通の商社マンで、家は典型的なベッドタウンの建売住宅だった。狭い敷地の高い建物。通路としか呼びようのない手狭《てぜま》な廊下。やたらに物のひしめいた室内。母親の由岐絵はそこにノブカバーや電話カバーをつけ、典子はぬいぐるみや小物を置いて、さらに色彩をあふれさせる。

長い廊下と、ただ白いだけの漆喰《しっくい》の壁、襖と障子《しょうじ》でできた家は、それだけで別世界の空気を漂わせていた。ここではおよそ、無目的にテレビが点《つ》いていることなどありえなかった。そのかわりに風の音と鳥の声が聞こえる。いまも天高くから降ってくる、あれは雲雀《ひばり》の声だ。

この家に来ると呼吸がたやすくなった気がする。せわしなく時間を巻き取っていく歯車は、谷の入り口で待ちぼうけをくっている。花でいっぱいのこの里には入れない。野草の家まで追ってはこれない。

「なーんか、ホッとするね」

典子は本当に嘆息《たんそく》しながら言う。いつもより声のトーンが下がるのは、家の内外に音が少なくて、声がうんと響くからだ。

「小さい頃は泣いてたくせに」

直樹が軽く揶揄《やゆ》すると、典子は頬《ほお》をふくらませた。

「そういう大昔の話を持ち出すっ」

「本当だろ。廊下が怖《こわ》いとか泣いてたのは誰だっけなー?」

実際、田舎《いなか》の夜は無音で怖い。しん、という音があるのだと、直樹はこの家に来るたびに思う。小さい頃は夜の無音が怖かった。明かりの乏《とぼ》しい長い廊下や、座敷や仏間——都会育ちの直樹には、常日頃には誰も使っていない部屋があること自体、違和感があった——が怖かったりしたものだ。

兄弟が少ないのだから、せめて、という直樹の父親の意向で、ふたりは従兄弟と兄弟同然に育った。春と夏は隆の家へ必ず旅をさせられた。だから最初にこの家に来たのがいつだか、直樹は覚えていない。母親たちの証言によれば、生後二か月の頃だというから、覚えていないのは当然かもしれないが。

物心ついた時から長い休みには、ここへ旅するのが当たり前になっていたし、——おかげでいつの頃からか、ふたりの部屋がこの家には確保されている——直樹も典子もそれを特に不満に思ったことはなかった。夜には怖いが、長い磨かれた廊下はスケート気分で遊ぶのには都合《つごう》がよかった。広い座敷は体育館気分で転がりまわるのにちょうどよく、山は遊びの宝庫だった。

おまけに隆とは気が合った。生徒を抱《かか》えた美紀子はめったに旅をせず、母親を一人残しておきたがらない隆もそれは同様だった。直樹たちが美紀子や隆に会うのは、彼らがここへやってきた時だけに近かったので、いっそう旅をすることが苦痛ではなかったし、今ではここへ来ることが必要だと思う。谷の外に外界の喧噪を置いてくるために。

「――で、隆。彼女、できたか?」

「その言葉、そっくり直樹にお返しします」

典子が笑う。

「ムダムダ。お兄ちゃんには訊くだけムダってもんだわね」

「なんだよ、てめーは」

直樹が小突こうとした手を典子は逃《のが》れる。

「バレンタインデーにだって、義理チョコひとつないんだもーん」

「うるさいんだよ。俺はハードボイルドに生きてんの」

「ま、負け惜しみにしちゃ、上出来だわね」

「そういうお前こそ、贈る相手、いたのかよ」

「よけいなおせわ。あたしはこれから花の盛《さか》りなの」

――そういえば、と直樹はふいに笑いを漏らした。

「お嫁《よめ》さんになる、とか言ってたなあ」

典子がぴくりと足をとめ、さも嫌《いや》そうに直樹を振り返った。

「そういう昔のことばっかり引き合いに出して笑いをとるのは、おじんくさくて、さもしいと思う」

「あれ？　もう諦《あきら》めたのか？」

「あいにく、小学校低学年の頃とは結婚観が変わりましたの、あたし。――そういうお兄ちゃんだって、幼稚園の頃とはずいぶん将来設計が変わったんじゃない？」

「なんだ、そりゃ」

「幼稚園の頃の絵に描いてあったの、見つけちゃった」

言って典子は隆に向かって得々《とくとく》と開陳《かいちん》する。

「ぼくは大きくなったらカンガルーになりたいです、って」

「……へえ」

「――げっ」

典子は声をあげて笑う。

「見たところ、まだ尻尾も生えてないみたいだけどー？　頑張《がんば》らないと、大きくなるね、あたしは」
「……そんなものがあったのか」
「ちゃーんと全部残してたよ、お母さん。昨日《きのう》、整理してたの。いやあ、笑いました
「若気《わかげ》のいたりだ」
「お母さんってば、それを引っ張り出して妙にしんみりしちゃってさー。ひょっとし
たら、この旅行中に息子《むすこ》が満願を成就《じょうじゅ》してカンガルーになる予感でもあったのかもよ」
「うるさいっ」
典子に怒鳴《どな》ってから、直樹は隆を睨《にら》む。
「笑うんなら、声をあげて笑えよ、てめえっ」
定宿《じょうやど》にしている小部屋に荷物を置いて、中庭に面した茶の間に向かうと、美紀子が
そこで待っていた。
家具といえば黒塗りの座卓、電話を置いた棚《たな》があるきり。テレビがあってそれだけ
の、非常につましい茶の間だった。畳の薄い柳茶《やなぎちゃ》の色、そこに敷かれた座布団《ざぶとん》のあせ
た藍染《あいぞ》めの色。その絣柄《かすりがら》には見覚えがある。美紀子が着ていたものをほどいたのだろ
う。

装飾になるものといえば、美紀子の手による座布団や暖簾《のれん》の刺し子《さこ》だけ。縁側を隔《へだ》てて見える中庭には胡麻木《ごまぎ》と空木《うつぎ》。まだ花をつけていない新緑が鮮《あざ》やかで、その向こうには花の里が一望できた。

地は一面の緑。山水を引いた筧《かけい》の側《そば》には射干《しゃが》が白い蕾《つぼみ》をつけている。あたりは紫から薄青へのグラデーション。あれは菫《すみれ》の群生だ。野草の群れと自然に恵まれた野山。植物採集や昆虫採集、観察日記の題材には事欠かなかった。

隆の父親である芳高の自室は、古い絵や図鑑、書籍の宝庫だったし、家の北隅《きたすみ》にある蔵はさらに雑多なものの宝庫だった。あちこちに首を突っこんで引っかきまわしたが、不思議に一度もそれを叱《しか》られたことがなかった。美紀子はおっとりと笑んで、片づけなければだめよ、と窘《たしな》めるばかりだった。

黒塗りの座卓の前に座って庭を眺めるふたりの前に、美紀子は桜餅と薄茶を置く。

「お父さん、お母さんは元気？」

「元気、元気。特にお袋は殺したって死にそうにない」

くすくすと美紀子は笑う。

「ふたりとも、また大きくなったわね。典ちゃんなんて、ちょっと見ない間にすっかり娘さんねえ」

「とーんでもない。典子は見かけだけだから。中身もそうなるといいんだけどさ」

「――そう?」

「ガキみたいにやかましいし、落ちつきがないし」

「お兄ちゃんも大人《おとな》にはほど遠いの。まだ尻尾もぜんぜん生えてないし」

「あ、おまえ。まだそれを持ち出すかっ」

美紀子がなあに、と首をかしげて、典子は得意満面、口を開く。直樹はあわててその口を押さえた。

「なーんでもないから」

隆は笑いをこらえるようにして、あらぬほうを眺めている。

「ふたりが来てくれると、賑《にぎ》やかで嬉《うれ》しいわ」

「毎度毎度、やかましくてすみません」

「とんでもない。わたしと隆だけだと、喋《しゃべ》らなくて」

そう笑って、美紀子は学校のことや一家のこと、あたりさわりのない話をねだった。

直樹たちが、他愛《たわい》もない話をしていると、トラ猫がゆったりと姿を現した。泰然《たいぜん》とした足どりでまっすぐ隆に向かい、膝《ひざ》の上によじ登る。

「やっほー、三代《さんだい》。元気そうだね」

典子が撫《な》でようと手を伸ばすと、さも嫌そうにそっぽを向いた。

この猫の模様は少し変わっていて、縞《しま》が妙にまっすぐなのと蛇行したのとが交互になっているように見える。まるで三世《さんぜ》歌右衛門《うたえもん》に由来する芝翫縞《しかんじま》のようだというわけで、中村《なかむら》歌右衛門と名を献上された。略して三代目、三代とも呼ぶが雌猫《めすねこ》である。

三代は隆の膝を自分のテリトリーだと堅持していて、他の何者だろうと占領するのを許さない。物があれば払い落とし、他の動物がいればたとえそれが大型犬の頭であろうと、断固として実力排除に出て辞さなかった。すでに老齢で、歩くのも眠るのも伸びきったゼンマイのように緩慢《かんまん》だが、テリトリーを守るためにに戦うときにだけは野生の閃《ひらめ》きを見せるのだった。

隆が指先に少しだけ餡《あん》をとってやる。三代は目を細めてそれを舐《な》め取った。人間以上に甘党の猫だ。おかげで雄《おす》の三毛猫《みけねこ》のように太っている。のそりと身を起こして、皿をのぞきこんだ三代を隆が軽く小突いた。

「もうだめ。糖尿病《とうにょうびょう》になりたくないだろ？」

ニャアと声だけは仔猫《こねこ》のような風情で抗議の声をあげる。

「鳴いてもだめ。あげません」

ニャアと再び鳴いて三代が頭を隆の胸にこすりつけた。

「だめだってば。お医者さんにダイエットするよう言われたろ？」

困ったように三代をのぞきこむ隆を、直樹と典子はめいっぱい笑った。

「……なに」

「おまえ、お母さんみたい」

猫や犬や、生き物を拾ってくるのはいつも隆だ。いったいどこでこんな生き物を、と感心するほど雑多な動物を拾ってくる。どこから見ても血統書のついていそうなシェパードの仔犬や、果ては瓜坊《うりぼう》や狸《たぬき》や鼬《いたち》や。いったい、どうやったらそんなものが落ちているのを見つけられるのだろう。

どの動物も、どこかの家や動物園にもらわれていき、あるいは山に帰される。それでも隆を慕《した》って戻ってくるものが後を絶《た》たなくて、結局いつ来てもこの家には動物がいることになる。一昨年《おととし》までは狸がいたがそれも死に、いまこの家に残っているのは猫の三代だけだった。

隆が空けてしまった小皿を、三代は名残惜《なごり》しそうにいつまでも舐めていた。

縁側の外には徐々に陽の傾いていく谷間の春、典子や直樹がかしましい声をあげるたびに、筧を水場に集まった野鳥が飛び立っては戻ってきた。手水《ちょうず》に落ちる筧の水音、鳥の羽音《はおと》——風の音。

山並みの奥、谷を分けいったところ、まるで隠れ里のように唐突に開ける花の里。だとしたら、この家は迷家《まよいが》。山道を往《ゆ》く人が、出会うという仙境《せんきょう》の家。迷家にたどりついた者はなにか家財を持ち出すといい。それは彼に富と長寿を約束してくれる。

もちろん、この家にあるものは汲《く》みつくせぬ富でも不老長寿でもなかったけれど、ここに住む親子はひょっとしたら人とは異なる生き物かもしれないと、直樹は密《ひそ》かに思っているのだった。

4

直樹と典子は夕飯を待つ間、花見と称して散歩に出かけ、夜には美紀子の山菜料理をたいらげた。遅くまで茶の間で従兄弟同士、埒《らち》もない話をした。冬休みはさすがに直樹も典子も自宅で過ごす習慣なので、春の休みには話すことがいくらでもある。――もっとも、喋るのはもっぱら直樹と典子ばかりなのだが。

ようやく喋り飽《あ》きて、部屋に引き上げたのは夜半を過ぎた頃だった。

「おやすみ。明日《あした》は筍《たけのこ》、掘りにいこうね」

「ちょっと早いかもしれないよ」

「いいの。散歩したいだけだから」

「そう？　――おやすみ」

隆の声に、典子は手を振って襖を閉める。典子がいつも使う部屋は、茶の間に近い四畳半だった。——とはいえ、この家は京間で造られているので、四畳半といってもかなり広い。直樹は家の奥にねぐらがある。典子の部屋よりさらに狭い三畳の小部屋で、ここ数年はその部屋を使っている。どうせ部屋数は多いので、直樹も典子も気が向けばあちこちに移動することにしているのだった。

部屋へ向かう長い廊下の道すがら、直樹はひとつ大欠伸《おおあくび》をする。直樹にとっては格別遅い時間ではないが、さすがに長旅の疲れがでた。

「……ねむ。悪いな、こんな時間まで付き合わせて」

宵《よい》っぱりの直樹と典子に付き合って、もう一時が近い。隆も美紀子も夜は早く、朝もうんと早いほうなので、こんなことは本当に希《まれ》だ。げんに美紀子はとうに休んでいる。

「べつに付き合ったわけじゃないよ。眠かったら寝ます」

「お前がこの時間まで眠くないなんて珍しいじゃん。——ついに夜更《よふ》かしの味を覚えたか」

直樹がからかうように言うと、隆は微笑《わら》う。

「そういうわけじゃないんだけど」

「いかんぞ、いつまでも若い者が九時五時の生活をしてちゃあ」

「いくらなんでも、そんなに早くは寝ないって」

軽く笑って言って、隆は唐突に複雑な顔をした。

「そうだな、……確かに最近は遅いかな」

それはなにか気にかかることをふとしたはずみに思い出した、というふうに見えた。あまり良くない性質のことだ。そういう種類の陰《かげ》りが浮かぶ。

「どうしたんだ？　急に暗いね、お前」

「もともと暗いんだよ、直樹の家と違って、うちは」

「まあ、そういう言い方もできるわな。俺んちは能天気が売り物だからさ」

隆が笑う。その表情にもなお、なにかしら陰りが見える。常には決してないことだ。

「……どうしたんだ、お前。なんか心配事か？」

「へえ？　直樹が相談に乗ってくれるんだ」

いつも、愚痴《ぐち》や泣き言《ごと》を言うのは決まって直樹のほうだったので。

「そらもー、俺のほうがお兄さんだからさ」

そっか、と隆は呟《つぶや》いて、今度は本当に微笑った。

「もう二十六日か。オメデト、十七歳」

「苦しゅうない。年上の度量を見せてやるから、安心して相談しなさーい」

「よく言うよ」

声をあげて笑って、それから隆は自分の部屋の襖に手をかけた。隆の部屋は三代のねぐらでもあるので、襖はいつも少しだけ開いている。

「……たいしたことじゃない。おやすみ」

「――ああ」

それでも直樹は気づいてしまった。部屋に入る前、隆が少しその表情を曇《くも》らせるのに。

5

――微《かす》かに風が吹いている。

忍びやかな音を聞きながら、隆は布団《ふとん》の上に身を起こす。床《とこ》の中に潜《もぐ》りこんだ三代の毛並みを撫でながら、まんじりともせずに時を待った。

隆の部屋は北の外れにあった。大きな書棚がひとつに机がひとつ。この部屋も、家具といえばそれだけのごくつましい部屋だった。灯火《あかり》はすでに消してある。障子から洩《も》れる月明かりで壁は青磁《せいじ》の色、布団を延《の》べた畳も山鳩《やまばと》の胸の色をしている。

部屋は裏庭に面している。二坪ほどの小さな庭で、三方を建物に囲まれ、陽当たりは良くない。それは間近に迫った山のせいでもあるのだが、夏には涼《すず》しい風が通って過ごしやすかった。

三代の髭《ひげ》に手首をくすぐられて、隆は軽く微笑《わら》いをつくる。半分眠った老猫《ろうびょう》を見やってから、再び表情を堅くして庭に視線を向けた。

縁側の雨戸は引いてない。障子はぴったり閉ざしてあるが、雪見窓は開けてある。その障子に切られた窓ごしに狭い庭が見渡せた。

建物と山とに囲まれた小さな庭に、月の光が降っていた。山に面しては光悦垣《こうえつがき》が立て回してある。その向こうは竹林だ。垣根の組んだ竹の間からは、濃い下生《したば》えが葉先をのぞかせている。

庭には楓《かえで》が一本だけ。深いふっくりとした緑の苔《こけ》を一面に敷きつめた中に、低く梢を広げていた。うずくまった羊ほどの大きさの古い伊勢青石《いせあおいし》がひとつ。その脇には金蘭《きんらん》が幾株か、濃い黄色の花をつけている。

その夜目には白い花を見ながら、隆は耳を澄ましている。風が楓を揺する微かな音がする。そして、山の音。

隆は、山には音がある、と思っている。木立の微かなざわめきと下生えの揺らぐ音。小さな生き物の気配。そんな、あるかなしかの音たちが響きあって静かな音を作る。たぶん、そうなのだと思っている。気配と呼んでいいほど、本当に微かな山の音。

隆はじっと音に聞き入る。それは眠る前の儀式だったが、いまは違う。隆は待っている。聞き慣れた音の中に、異分子が混じるのを。

久しぶりに会った陽気な従兄弟たち。そのせいで今日一日忘れていられた、ささいなこと。——本当にささいなのかどうか、隆には分からない。それは表向き、人に話せば気のせいだと言われそうなことだ。実際、いつの間にかそれを寝床で待つのが癖《くせ》になっていたが、同時に寝る前でもなければ忘れていられるほどに慣れてしまった。

その——程度のこと。

二時を過ぎた頃、隆の唇《くちびる》が「来た」と動いた。声は出さない。半分眠ったように目を閉じていた三代が、神経質そうに耳を立てた。

小さな庭にはなんの姿も見えなかった。無人の庭に石だけが、月に濡《ぬ》れて銀色の輝きを放っている。そこに忍びこんだ、なにか。

それは気配のようなものだ。音もなく姿もない。だが、隆には分かる。これは山の音ではない。風でもない。生き物でもない。隆が知るいかなる自然の中にも、こんな気配を醸《かも》し出すものはない。激しい違和感。これはそこにあるはずのないもの。決して混じるはずのないもの。

——それとも、やはり気のせいだろうか。知らない動物でも迷いこんできたのだろうか？

三代が猫独特の威嚇音《いかくおん》を発した。隆は喉《のど》を撫でてやってそれを静めようとしてみたが、三代は毛並みを逆立《さかだ》てたままだった。

異端の気配は軒端《のきば》を浮遊する。気配の片鱗《へんりん》をそここに散らしながら、小半時《こはんとき》で消えた。

隆はホッと息をついた。三代も布団に潜りこんで安堵《あんど》したように目を閉じてしまった。

あれはいったい、なんなのだろう。このところ毎晩のように現れる、あの異端の気配は。小半時より長くいることはない。だが、確かにいると感じるのだ。――そういう気がして仕方がない。

隆は軽く溜息《ためいき》をついて、猫の隣に滑りこんだ。毛並みに手をのせて枕に頰を埋める。

穏《おだ》やかな山の音を聞きながら眠りに落ちた。

――きっとなんでもない。そのうち止《や》んで、忘れてしまう……。

※

——雨が降っていた。

——やめてください、お願いします。

女の悲鳴が走った。

——この子はわたしの子供です。

雨は降る。

――おかあさん。

第二章

1

母親は坂道を足早に歩いていた。前屈《まえかが》みに、白い麻《あさ》の日傘《ひがさ》を深く傾け、逃げるようにして坂を下っていく。

それを小走りに追いかけながら、直樹《なおき》は何度も坂の上を振り返った。

坂の上に見えているのは野草の家。ひっそりと門を閉じた家が、石垣の上から直樹を見送っていた。直樹は走り、母親に追いついてその手を握った。

──もう、帰るの？

振り仰《あお》ぐ角度で、直樹は自分が母親の背丈の半分ほどしかないことを知る。

──どうして？

村落の道端《みちばた》に立ちどまった人々が、怪訝《けげん》そうな目を向け、母親はいっそう深く日傘を倒した。

──ねえ、ってば。

──直樹ちゃんは、少し頑固《がんこ》なところがあるのね。

やんわりとした声に振り返ると、伯母《おば》が立っていた。淡《あわ》い生成《きなり》の麻の着物が眩《まぶ》しい。

──……みたい。

──だれ？

美紀子《みきこ》は首を振った。

──誰かに似てるの？

──昔、ちょっとだけ知ってたひと。直樹ちゃんは知らないひと。

ふうん、と直樹は首をかしげる。母親を振り返って、誰かに似てるんだって、と呼びかけた。

母親は荒れ地の前にしゃがみこみ、子供がよくそうするように肩に傘をのせるようにして手を合わせていた。

──どうしたの？

そこには神社も寺もない。手を合わせるべきものは、なにもないように見えた。

──ぼく、似てるって。

母親は振り返り、ひどく嫌《いや》そうな顔をした。

──似てないわ。ぜんぜん、似てないじゃない。

──……おかあさん？

直樹は東の小部屋で目を覚ました。

白い柔らかな明かりは障子《しょうじ》越しに差しこむ光に独特の調子だ。喧《かまびす》しいほどに鳥が鳴いている。それを聞いて、ああ、来たんだ、と思った。鳥の声よりは他になんの音もしない。かろうじてさえずりがやんだふとした瞬間に、葉摺《はず》れの音がするだけだ。

直樹が来るたびいつも使うのは、東の坪庭《つぼにわ》に面した小部屋だ。床の間も棚《たな》もなく、ただ滞在中使えるようにと、文机《ふづくえ》だけが置いてあった。庭に面しては、障子をつけた火灯《かとう》窓がひとつあるだけ。

直樹はぼんやりと身を起こした。なにか夢を見ていたような気がするが、はて、どんな夢だったろう。あまり後味がよくないことは確かだ。

それでのろのろと起きあがって障子を開けた。窓は櫛形《くしがた》、開くと目の前の吊《つ》り灯籠《どうろう》から百舌《もず》が飛び立った。風が通る。こんなに花に覆《おお》われた庭なのに、花の匂《にお》いはしなかった。茶事の際には露地《ろじ》に香《こう》を薫《た》くため、露地では香りのつよい花を避《さ》けるからだった。

窓の外には竹垣を背に五つ組みの石が見えた。正真正銘《しょうしんしょうめい》、一坪ほどの広さが石庭になっているのだ。

奥の大きな青石は角の尖《とが》ったふたこぶの形。こぶの間に白い縞《しま》が縦《たて》に通って、細い滝のように見える。流紋が描かれた白州《しらす》の中に立った石は、絶海にそびえた奇岩の島のようだ。高い崖《がけ》はそのまま峰の稜線《りょうせん》を作って、その奥の最も険《けわ》しい山肌には高い滝がどうどうと落ちている。そんなふうに見えるのだ。

風雅な庭のここだけが、そしてこの部屋から見た風景だけが、とてもダイナミックで気に入っていた。当然のようにあてがわれていた座敷からこの小部屋に宿を替えたのは、もちろんそのせいだったのだ。

いつの間にかぽかんと庭に見入っていた自分に気づいて直樹は少し苦笑する。家にいるときは庭を見たりしない。風景に見入ったりは決してしない。

野草の家の住人は、あまりに当然のように風景を眺《なが》めてその日を暮らす。花が咲いたといっては微笑《わら》い、散ったといっては微笑いして、その他の欲望というものをいっさい持たないようだった。おっとりとした物腰もさることながら、それでいっそう仙人めいて、直樹はいっそ羨《うらや》ましい気がする。

「本当に隠れ里だな」

直樹は独《ひと》りごちる。ここに来ると、仙境に迷いこんだように思える。仙界の空気にあてられて、直樹みたいな人間でも少しは仙人ぶってみたくなるのに違いない。

2

直樹が起きて茶の間に行くと、すでに全員が揃《そろ》って朝食を食べるばかりになっていた。

「遅ぉい」

典子《のりこ》が文句を言う。

「曇《くも》ってるんで目が覚めなかったんだよ」

東に面したあの部屋は、朝が来るのがとても早い。

隆《たかし》はそれを笑ってから、

「誕生日だね」

そう柔らかな声で言った。

「へへー。十七になったぜ」

「おじん」

典子の憎《にく》まれ口にしかめっ面《つら》を返してやる。その視野の端で、美紀子が妙に暗い顔をするのに気がついた。

どうかしたのか、と声をかけようとして美紀子と視線が合った。美紀子は心なしか、あわてたように微笑《わら》って首を振った。

直樹はふと、あんな顔をどこかで見た、と思った。すぐに思い出す。母親の由岐絵《ゆきえ》だ。直樹が家を出るときに、向こうで十七になるぜ、と言ってみせたら、いまの美紀子のような顔をしたのだ。暗い気配が吹いて、表情を影が過《よぎ》った。続いて言うはずだった、プレゼントは宅配便でいいからな、という軽口を直樹は思わず呑《の》みこんでしまった。そんな台詞《せりふ》を言わせない、どこか深刻な陰《かげ》りが確かにそこにはあったのだ。

──そういえば、と直樹は首をかしげる。

今朝《けさ》見た夢、あれもなにか、母親に関する夢ではなかっただろうか。


午前中にはすぐ背後の裏山へ、典子のリクエストどおりに筍《たけのこ》を探しに行った。

孟宗竹《もうそうちく》の翠《みどり》が深くて、竹林の中に入ると空気までも翠に染まって見える。どんなに樹影が濃くても、黒でも灰色でもなく翠だ。

地面に顔をつけ、軽く鍬《くわ》の先で竹の葉の散り積もった土を掻《か》いて、筍の頭を探す。これがなかなかの難問《こ》だった。

「ないねぇ……」

典子は腰を伸ばしてさする。

「やっぱり少し早かったかな」

「誰かが掘ったあとじゃねえのか？　なんか所々、穴が空いてるぞ」

直樹が言うと、隆が、そうか、と声をあげた。

「あん？」

「猪《いのしし》だよ。……猪が掘ってしまうんだ」

「へーえ」

ということは、と典子が目を輝かせた。

「猪が目をつけるぐらいだから、探せばあるよね。ねね、ここで見張ってれば、猪も見られるかな？」

どうだろうね、と隆は再び複雑そうにした。

「ひょっとしたら、真夜中にうろついてるのかもしれないし……。本当に猪なのかな……」

「どっちなんだよ」

猪だと言ってみたり、疑ってみたり。

「あ、これは猪だと思う。去年、隣の小父《おじ》さんが、こぼしてたから。昼間でも来る、って」

この竹林は、隣家のものだ。すると当然、本来ならば筍も隣家の持ち物ということになるが、べつに掘っている現場を見つかっても、挨拶《あいさつ》されるのが関の山だ。こういうところ、この里は実に鷹揚《おうよう》だった。もっとも、隆の家の栗山《くりやま》にも――といっても、べつに栗を作っているわけではなく、たまたま栗の木が多いにすぎないのだが――、好き勝手に近所の者が収穫に行くらしいので、長期的に見れば一種の物々交換なのかもしれない。

「へー。――あ、見つけた！」

「あった？」

典子は自慢げに足元を指さす。

「お兄ちゃん、掘っていいよ。誕生日のプレゼントだ」


やっとのことで見つけた小さな筍を二本掘って山を下った。途中、隆の家と隣の家の間を抜ける細い斜面を下る。田舎《いなか》では土地の境界線がはっきりしない。人は他人の家の庭先を突っ切って近道をする。坂を下る途中、庭で植木に水をやっていた隣家の老人が声をかけてきた。

「おや、もう直樹くんが来る頃か」

この集落では隣近所は親戚《しんせき》同様だ。自分の親族のように人間関係を把握《はあく》している。

「お久しぶりです」

直樹が頭を下げると、典子が筍を示す。

「すみません、掘っちゃいました」

老人は破顔する。

「猪の先を越したか。そりゃあ、よかった」

言って、そうだ、と老人は納屋《なや》に駆《か》けこむ。すぐに小さなビニール袋を提《さ》げて戻ってきて、隆に差し出した。

「少しだけど、今朝、椎茸《しいたけ》を採《と》ってきたから」

隣家では杉林の中で椎茸を栽培している。鬱蒼《うっそう》と繁った林の中は、栽培に都合がいいらしい。自宅用に栽培しているものだが、余るとこうして分けてくれる。隆の家でも教室の茶菓子が余ると分けるから、これもやはり物々交換の一種だろう。

「……いつもすみません」

「いいや。——直樹くんと典ちゃんが来たんじゃ、賑《にぎ》やかでいいねえ。お母さんも、これで気が晴れるだろう」

直樹は瞬《またた》いた。頭を下げる隆を見る。

「——なんか、あったのか？」

これには老人が答えた。

「美紀子さんも苦労人だし、悩みごとが絶《た》えんのだろ。近頃、なんか鬱《ふさ》いでたもんなあ。しばらく家が賑やかになれば、気も変わるだろ」

隆はただ、礼を述べた。

「——ねえ、伯母さん、どうかしたの？」

首をかしげたのは典子だ。昼食を待つ間、垣根を直す隆の側《そば》で、直樹と典子は草むしりをしていた。

「べつになんでもないと思うんだけど……」

隆は棕櫚縄《しゅろなわ》で器用に竹を編んでいく。

「でも、隣のお爺《じい》ちゃんもああ言ってたじゃない。朝も暗い顔をしてたし」

直樹は典子を振り返った。

「お前、見てないようで見てるな」

「あたりまえ。小学校のＩＱテストじゃ、お兄ちゃんより成績よかったんだかんね」

「知ってっか？　ＩＱが高いってのは、精神年齢が高いってことなんだぜ？　要は中身が老《ふ》けてるってこと」

典子はちちちっと指を振る。

「成熟してるって言ってほしーなっ。少女の身体にオンナの心」

「ばぁか。蒙古《もうこ》斑《はん》取れてから言えってーの」

直樹は妙なシナをつくる妹を小突《こづ》いてやった。典子は笑って、そしてふいと怪訝な目をする。視線は直樹を通り越して、その隣の隆に向かった。

隆はぼうっと棕櫚縄を見つめている。心ここにあらずという風情《ふぜい》で。

「隆ちゃん、どーかした?」

「え?」

典子が声をかけると、あわてたように振り返る。これも、常には決してないことだと直樹は思った。隆は人の輪の中でことさらはしゃぐことをしなかったが、かといってこんなふうに閉塞《へいそく》してしまうことも、うわのそらになることもなかったからだ。

「本当にさ、なーんか変だぜ、お前も伯母さんも」

「……ちょっと寝不足で」

「悩みごとなら聞いてやるって」

「そんな大層なことじゃないよ」

微笑《ほほえ》む隆に典子が身を乗り出す。

「まさか、あれ?　ヤクザっぽい男が伯母さんに目をつけたとか、家が悪徳不動産屋に狙《ねら》われてるとか」

隆が目をパチクリする。

「……なに、それ」

「なんだよ、それ」

「だって、母子家庭の危機のセオリーじゃん」

「お前はなー」

小突き合う兄妹を隆は笑う。

「そんなんじゃない。僕は単に寝不足なだけだし。それも悩みがあってとか、そういうんじゃないんだ。なんとなく夜更《よふ》かしのクセがついただけ。――母さんは……」

言いかけて口を噤《つぐ》む。ふっと顔色を曇らせた。

「どうした？」

「分からない。最近よく鬱いだ顔をするな。なんだか……変な言い方だけど、僕が歳《とし》をとるのを気に病《や》んでいるみたいだ」

直樹は首をかしげる。

「なんだよ、それは」

「だから、分からないんだよ。ただ――人に僕の歳を訊《き》かれたとき必ずああいう顔をするから、そんな気がしてるだけ」

隆は眉根《まゆね》を寄せて棕櫚縄を結ぶ。不安になるほど深刻な表情を見せた。

「母さんは、僕が十七になるのを嫌がってるように見える」

「なんだよ、それ」

だから、と隆は困った顔をした。

「うまく言えないけど、歓迎してない感じ」

直樹は母親の顔を思い出した。由岐絵もやはりそんな顔をした。どこか不安げな表情だった。

「お母さんと一緒だ」

典子が呟《つぶや》いて、直樹はギョッとする。

「お母さんもあんな顔したでしょ？　家を出るとき。お兄ちゃん、変な顔してたじゃない」

直樹は、こいつは本当によく見ている、と内心舌を巻いた。

「それにね、ちょっと前にもおんなじことがあったの。お母さんにお兄ちゃんのプレゼント、なんにしようって相談したとき。『直樹もとうとう十七になるのね』って」

「とうとう？」

直樹が訊き返すと典子は頷《うなず》く。

「変な言い方だなと思ったんだ。あたしが、十七がどうかした、って訊いたら、『反抗期ね』って言ってたけど。でもさ、いまどき十七で反抗期はないよね」

「ああ……」

直樹は首をかしげる。伯母も母親もどうしたというのだろう。常には決してしない表情を、よりによって息子の誕生日に関わったときにする。

「そーいえば、あれもそうだったのかな」

「──え？」

「だから、一昨日《おととい》。家を出る前の日よ。わざわざお兄ちゃんの小さい頃のものを引っ張り出したりして。押《お》し入《い》れの整理なら大掃除のときにしたのに」

小さな沈黙の中で、隆がひどく不安げな目をするのを、典子も直樹も見逃さなかった。

3

昼食の間、美紀子はしごくいつもどおりだったし、直樹と典子が他愛《たわい》もない言い争いをしているのに、声をあげて笑いもした。──そもそも周囲の人間の考え過ぎなのか、それとも隣家の老人の言ったとおり、賑やかな客人に心配事を忘れているのだろうか。

午後からは、筍掘りで狩猟《しゆりよう》本能とも穴掘り本能ともつかないものに目覚めた典子が頑強に主張して、山の芋《いも》を探しに行ったが、素人《しろうと》が三人集まって蔓《つる》を見つけられるほど、山は甘くなかった。せっかく持参したスコップは、隆が山で増やしている霧島蝦《きりしまえび》根《ね》を掘りあげるのに使われた。

一株の蘭《らん》を持って帰りつくと、すでに夕飯時、ちょうど老婦人が美紀子に見送られて門を出るところだった。

「おかえりなさい」

美紀子の声に、老婦人が直樹たちを振り返った。丁寧《ていねい》に頭を下げる隆に倣《なら》って、直樹も典子も最敬礼する。彼女は目を細めて三人を見つめたあと、美紀子に笑顔を向けた。

「先生のお子さんですか？」

「ええ。息子と……妹の子供です」

婦人は隆に笑みを含んだ視線を向けた。

「こちらが息子さん？　雰囲気《ふんいき》が似てらっしゃるわ」

「そうでしょうか」

「おいくつになりですか」

問われて美紀子はぎごちなく微笑《わら》う。

「今年で……十七になります」

やはり、訊かれたくないことを訊かれたような表情だった。

立ち話を続ける美紀子と老婦人を置いて三人は家に入った。茶の間に戻ってすぐ、隆は三代にねだられて夕飯の用意にいく。足に三代をまとわりつかせ、台所に姿を消した。すぐに暖簾《のれん》の向こうで缶《かん》を開けている音がした。

「なーんか、気になる……」

声をひそめて腕組みをする典子を直樹が小突く。

「勘《かん》ぐりすぎだって。わたしも歳をとったわねー、なんて思ってるのかもしれないぜ」

「……お兄ちゃん、それ本気で言ってるわけ」

「だーから。考えてもしょうがないだろ。伯母さんだって、いろいろ考えることもあんのさ。まさか、どうしてって問いつめるようなことでもないし」

「そりゃ、そうだ」

典子はおどけて頷いた。しかしすぐにぷくんと頬《ほお》を膨《ふく》らませた。

「あたし、やだな」

「なにが」

「伯母さんとか隆ちゃんがあんな顔するの。人間くさくてなんか悲しい」

「人間じゃなかったらなんなんだよ」

茶化《ちゃか》しながらも、直樹は胸を突かれた気がする。典子も同じことを感じているのだ。

ここは隠《かく》れ里。異界のとばぐち——。

　戻ってきた美紀子は憂鬱《ゆううつ》な顔など忘れたふうだった。筍ご飯だ、とはしゃぐ典子をやわらかく見守るいつもどおりのおっとりとした笑顔。

「自分の筍だと思うと、いっそうおいしい気がする」

「典子のじゃないだろ。それ、隣の筍」

「お爺さんは、採れてよかったって言ってくれたもん」

「第一、俺にくれたんじゃなかったのか？　誕生日のプレゼントなんだろ？」

　言ってから、直樹はしまった、と軽く思った。案《あん》の定《じょう》、美紀子はなにか嫌なことをふいに思い出した顔をした。

　典子は一瞬、直樹を睨《にら》んでから満面に笑みを浮かべる。

「でも、田舎っていいよねー。その辺に食べ物がいっぱいある」

「その件については大賛成」

「秋にも来たいなー。栗あるんだよね、栗」

　隆は軽く笑う。

「あるけど。誰も手入れをしてないから、虫食いだらけだよ」

「それでもいいもん。栗おこわー」

「お前、食べることばっかりなのな」

「景色はいいし、静かだし、空気は綺麗《きれい》だし」

「そんなにここがよければ、引っ越してくれれば？」

言って直樹はにんまり笑ってみせる。

「ちょうどいい、隆に嫁《よめ》にもらってもらえ。隆ぐらいっきゃいないぞ、お前なんかでも、もらってくれるようなお人好《ひとよ》し」

「あのねえ」

「ちびの頃にも嫁さんになるって言ってたじゃん。——隆なら我慢してくれるよな」

隆は軽く笑う。

「典ちゃんが年頃になっても田舎に興味があればね」

「おお。さすがに隆はボランティア精神にあふれてる。初恋が実ってよかったなあ、典子」

「……そんなふうに言っては典ちゃんが可哀想《かわいそう》だわ」

美紀子が言って、直樹は思わずその顔を見た。その声は明らかになにか苦《にが》いものでも含んだような響《ひび》きがあったからだ。

「まだ中学生だもの。そんなの、ずっと先の話だし、いまから考えられないでしょう？」

美紀子は典子を見つめる。典子は箸《はし》をくわえたまま、なにかを呑み下すようにして上目遣《うわめづか》いに頷いた。

「……う、うん」

「それに典ちゃんは、都会育ちだもの。年頃になったら、もっと都会的な人のほうがよくなると思うわ」

美紀子は目を伏せたまま言い添えた。

「第一、隆だってまだそんなことを考える歳じゃないもの……」


「お兄ちゃんの馬鹿《ばか》」

典子は直樹を睨む。

なんとなく気まずいまま夕飯を終えると、後始末《あとしまつ》をして、美紀子は早々と部屋に引き籠《こも》ってしまった。

「あたし、ちょっと傷ついちゃったわ」

ごめん、と詫《わ》びたのは直樹ではなく隆だ。

「べつに含みがあって言ったんじゃないと思う。……このところ、なにか鬱いでることと関係があったんじゃないかな」

「歳の話？」

「……うん。典ちゃんがどうこう、という意味で言ったんじゃないと思うよ。でも、ごめんね」

「日頃の行いだよなあ、典子」

直樹が言うと、典子は口を尖らせる。

「なによぉ」

「俺が伯母さんでも、こーんなけたたましい嫁が来るのは御免だもんな」

「なんだとー」

「俺が考えなしだった。よく考えりゃ、お前がここに住めるわけねーわな。着物着れないし、着ても似合うとは思えねえし。うるさいし、やかましいし、けたたましいし、かしましいし、さわぐし」

「くどいっ」

「それはないよ。母さんは典ちゃんをすごく気に入ってるんだから」

隆の声音《こわね》は直樹を窘《たしな》める調子だ。

「きっとなにか、別のことで気が立ってたんだと思う。典ちゃん、ごめん」

隆の調子はひどく真面目《まじめ》で、それでか、典子は慌《あわ》てたように手を振った。

「隆ちゃんが謝《あやま》ることじゃないよお。実はたいして気にしてないの、ホント」

典子が言っても、隆はひどくすまなそうにしている。

「隆ちゃんはお兄ちゃんみたいなもんだもん。バカ兄貴《あにき》が調子にのっただけで、べつにあたし、そういうつもりじゃないし。——それよか、伯母さんがあんな物言いするほうにびっくりしちゃった。それが心配」

「うん……どうかしてる……」

「まあ、母一人子一人なんだから、いくら美紀子伯母さんでも、お嫁さんの存在は嬉《うれ》しくないよねえ、当然」

「そりゃ、うがちすぎ」

直樹が口を挟《はさ》むと、典子は指を振る。

「甘いね、お兄ちゃん。世の中の嫁姑《しゅうとめ》が、どれだけそれで揉《も》めてると思ってんの」

「いくら不機嫌《ふきげん》でも伯母さんは嫁いびりはしないと思うぞ」

「それにあたし、覚えてるもん」

「なにを」

「昔、無邪気《むじゃき》な童女が隆ちゃんのお嫁さんになるー、とかゆった時にだね、やっぱり伯母さんはすごーく困った顔をしたの」

「まさか」

「本当だってば。それは困る、って伯母さんの顔に書いてあったもん。それであたしは将来設計について再考を促《うなが》されちゃったわけよ」

「へえ」

「——とはいっても、あの当時は単にここの家にずーっといたら、学校に行かなくてすむなあ、というそんだけのアサハカな考えだったんだけどね」

「アホか、お前は」

「それこそ若気《わかげ》のいたりってやつよ。カンガルーに比べたらましでしょ？」

「それを持ち出すの、いい加減にやめろって。——しかし、よっぽど嫁さんが来るのが嫌なんだな、そりゃ」

子供にそれと分かるほど嫌な顔をする美紀子というのは、直樹にはちょっと想像がつかなかった。

「でしょう。だから泣く泣く諦《あきら》めたの。隆ちゃんのこと、アイしてたのに」

よよと泣き真似《まね》をする典子に、隆は失笑し、直樹は額《ひたい》を小突いて応えた。

「……けど隆、将来たいへんかも」

隆は困ったように笑う。

「そういうことは、将来になったら考えることにする」

「そりゃそーだ。いまから心配してもしょーがねえし」

「直樹に比べれば、ましだしね」

「——あ？」

「カンガルーのお嫁さんじゃ、叔母《おば》さんは歓迎しないと思うな」

「隆……てめー」

典子は笑いころげる。

「かといって、人間のお嫁さんは来てくれないだろーしねえ」

「それはどう考えても無理だろうな」

「お前らな……」

4

——その夜だった。

隆は身を堅くして夜半を待つ。いつの間にか寝る前に、あの気配を待つのが習慣になってしまった。

それは二時過ぎに中庭を訪れる。三代は必ず目を覚ます。じきにそれはやってくる。……猪だろうか？　竹林に餌《えさ》を探しにきたのだろうか。——だが、動物にしては、下草をかきわける音がせず、それは光悦垣《こうえつがき》を苦もなく越えて庭に入ってくる。もちろん、庭でなにかの生き物の足跡を見つけたこともない。もっとも、厚い苔《こけ》のせいで残らなかったのかもしれないが——。

心配事はほかにもある。今日《きょう》の母親はどうしたというのだろう。たしかにこのところ、ぼうっとしていることが多かった。夜に部屋の前を通りかかると、溜息《ためいき》が聞こえたこともある。時折——なにか問いたげに隆の顔をまじまじと見ることもあった。

思いかえすと、それは近頃に限らず、以前から時にあったことのように思う。ただ、その頻度《ひんど》が明らかに増えた。どこか鬱いでいる様子、ひどく心配なことでもあるふう。隆になにかを問うているような。

どうかしたのか、と訊いたことは何度もある。そのたびに母親は首を横に振るのだ。なんでもない、と笑う。

由岐絵叔母も同じような顔をみせたという。直樹や典子も心配している。——気にかかることはいくつもある。

軽く溜息をつくと、一瞬脳裏が空《から》になって、そのぶん山の音が耳の奥にしみてきた。枕元の目覚ましの、秒針が動く硬質の音がした。ふいに三代が低く喉《のど》を鳴らした。

——来た。

それがやってきたのはやはり二時過ぎだった。隆は三代を抱きながら、気配に神経を尖らせる。

——猪だ、きっと。

正体が知れれば、自分でも笑ってしまうようなことに決まっている。それよりもいま気にしなければならないのは、明らかに様子の変な母親のことだ。

だが、隆の神経はそれでもなお、強い威圧感を与えるものに向けられている。脅迫《きょうはく》するほど強烈な違和感を放って庭を夜毎《よごと》訪れるなにか。

気のせいだとは思えなかった。では、いったいなんなのかと問われても答えることはできない。異端の気配だ。そうとしか呼びようがない。どこかに生き物の気配があるだろうか？

耳を澄ましてみても、なんの物音もしなかった。動物だとは思えない。第一、動物なら、なぜ毎夜、決まった時間に現れるのだろう。

それは庭に入ってくる。入ってきたと感じるほど、気配とも呼ぶべき存在感が強くなった。

――生き物じゃない。

人でも動物でもない。そして、と隆は思う。あれは山の神でも草木の精霊《せいれい》でもない。もしもそんなものがいるとして、それの本性が自然のものなら自分には分かるはずだと思っている。山なら樹木なら草なら花なら、絶対に自分は分かる。分かる。それはそれなりの気配の残滓《ざんし》を、必ずどこかにとどめているはず。

なにか色の違う気配が中庭をさまよっている。軒端《のきば》に近寄り、部屋をのぞくふうをする。三代が鋭《するど》く唸《うな》った。そして、初めて微《かす》かな音が庭でした。

隆はわずかに腰を浮かした。音がした、確かに。それはいつだって気配ばかりで、物音をたてたことはなかったのに。窓を見やったが、なんの姿も見えなかった。今夜は曇っていて闇《やみ》が濃い。

カサという小さな音が軒端でした。なにかの気配は強くなる。三代は隆の膝《ひざ》で身を屈め、針のように毛を逆立てた。

小さな、小動物が歩くような微かな音をたてて、それは縁側に沿って庭を往復する。それは縁側のすぐそば、雨落ちのあたりを動いているように思える。雪見窓から見えるぎりぎりの外。──そんな気がする。

息を殺して音の所在を探っているうちに、それはいつものように、庭を離れていく。微かな音はゆっくりと山のほうへ消えていき、消える刹那《せつな》、はっきりとなにかの物音になった。

「……人だ」

隆は呟いて三代を抱きしめる。

いまの音──最後に聞こえたほんの三歩ほどの物音は、確かに人間の足音だった。歩幅で分かる、歩き方で分かる、下草をかきわける重量感で分かる。あれは人の足音だ。

──しかも。人の気配を感じて、ふと顔を上げると、本当に人がいることがよくある。それと同じ気配が確かに、した。

なぜいまごろ。昨日《きのう》までのあれは、確かに人間の匂いなどさせなかったのに。

人なのか？　最初から人だったのか？

そんなはずはないと隆は三代をのぞきこむ。さっきまで逆立てていた毛並みを舐《な》めて、寝入るように目を細めている老猫《ろうびょう》。人間ならば、三代があんなに嗔《いか》るはずがない。三代は隆以外の人間に決して馴《な》れなかったが、だからといって威嚇《いかく》したりはしない。猫らしい無関心さで黙殺《もくさつ》するだけだ。

ふいにぞくと背筋が冷えた。

なにか自然の摂理《せつり》に反したものが急に人の形をとった、そんなふうに考えてしまったからだ。

三代をたよりに隆は身体を横たえたが、長く眠りにつくことはできなかった。

5

「ね、隆ちゃん、なーんか元気なくない？」

訊いたのは典子だった。

遅い朝食を食べて、軽い運動がてら集落の下《しも》にある沢に昼餉《ひるげ》用の蕗《ふき》を摘《つ》みにいったときだ。

「……そうかな？」

首をかしげて典子を見やる隆を、直樹は眺める。

「目ぇ、赤いぜ。寝てねえの？」

そういえば、今朝隆は起きだすのが直樹の次に遅かったらしい。希有《けう》なことだ。隆は老人並みに朝が早い。と、いうか、自然のサイクルと離反した生活があまり好きでないようなのだ。

こくんと頷いて、隆は色の濃い石蕗《つわぶき》を丁寧に折る。濃い緑の円《まる》い葉が揺れて、つんと蕗の芳香がした。

「……なにか、変なんだ、最近」

「変って」

真面目に問い返したのは典子で、

「ついに思春期か」

茶々を入れたのは直樹だ。

隆は曖昧《あいまい》な笑みを見せる。

「夜に……」

言い淀《よど》んでから、

「……いいや。やめた」

笑って顔を上げた。

「言いかけてやめるのはずっこいと思う」

「だよな」

隆は困ったふうだ。さらにふたりで促したが、結局なにも言わなかった。ただ、なにか言いたげに直樹に目配《めくば》せはしたけれど。

腕時計を見て、そろそろお昼だよ、と言って典子が帰る様子をした。隆が、屈《こご》を摘んでいくからと答えて、直樹はそれに倣うことにした。

「じゃ、あたし先にこれ持って戻るね」

言いおいて、典子は集めた蕗をかかえて沢を川上へ駆けていく。その背を見送ってから直樹は、

「――で？」

水に磨《みが》かれてまろくなった岩に座って、隆を促した。

「典ちゃんには聞かせたくないんだけど」

「分かってるって」

隆は言いにくそうに目を伏せる。

「……夜に……変な気配がするんだ」

「なんだよ、それ」

「……だから」

隆は言葉を探すようにする。少しの間、瀬を見つめて視線を上げた。

「直樹、うちで変な気配を感じたとか、変なものを見たとか……そういうことってある？」

「お前、あんのか？」

隆は神妙に頷いた。

「変なモンって……コレ？」

直樹は両手を前にダレンと掲《かか》げてみせる。隆は再び神妙な顔つきで頷いた。

「なーに言ってんだ」

直樹は大笑いしてしまった。

「女みたいなことを言わんでくれよ。いるわけないだろ、そんなの」

隆は大笑いする直樹を恨《うら》めしげにねめつける。

「まさか、それで？　ビビって眠れなかったって？　こいつは傑作《けっさく》」

困惑したように視線を落としてしまった隆を、直樹はのぞきこんだ。

「で？　なにが出るって？　人魂《ひとだま》か妖怪《ようかい》か、幽霊《ゆうれい》か？」

「気配がするんだ……」

隆は真剣な目を膝にのせた自分の手に注《そそ》いでいる。

「……人の気配」

「そんだけ？」

「いまのところはね」

隆の様子があまりに真面目で、それで直樹はかえって笑ってしまう。

「よしよし」

直樹は蕗の匂いのする手で隆の頭を叩《たた》いてやった。

「お兄ちゃんが、今晩ついててやろっか？　ん？」

隆はそんな直樹を見上げて、軽く溜息を落とした。

「……もう、いいよ」

「なに？　マジなわけ？」

「もういい……」

呟くように言って隆は目線を落とした。狭《せま》い沢を、透明な水が砕《くだ》けた結晶のような飛沫《ひまつ》をあげて駆け下っていく。

本気で言っていたのか、少しは真面目に相手をしようか、直樹はそう一瞬だけ迷い、

――結局やめた。

6

――夜が来る。

眠りの夜、安息の夜。

――そしてあるいは。悪夢の夜、暗闇を百鬼《ひやつき》が跳梁《ちようりよう》する夜。

隆は迷った末に障子を開け放しておいた。雨戸は最初から引いてない。縁側の大きな硝子《ガラス》をはめこんだ掃《は》き出《だ》し窓からは庭の様子が一望できた。

月は杏《あんず》の形。明るい光が楓《かえで》を透かして苔の上に落ちている。

枕元の目覚ましを取る。時刻は二時。もうすぐあれがやってくる。


カサと微かな音がして、三代が唸り声をあげたのが始まりだった。

微かに草を踏み折る音が山のほうでして、それがパキパキと近づいてきた。竹林の葉は打ち寄せる波の形、月の光に銀。銀の波頭のその下には真っ暗な闇が淀んでいる。闇の間にほのかに白く、見え隠れするように伸びたのは幹《みき》。微かな音はそこでする。強い気配を放射する。

あの闇の中になにかがいるのだと、隆は捕らわれるように山を見つめた。脈が上がって呼吸が荒い。

一番前列の竹のあたりで微かな音がガサ、として、そこに白い染《し》みが現れた。冬の日の人の吐息《といき》のようだった。小さな白い塊《かたまり》が、繁った竹の狭間《はざま》に灯《とも》る。それはぼんやりと輝くと、煙か霞《かすみ》のようにゆらめいて、庭のほうに近づいてくる。

垣をすり抜け、それはゆっくりと庭に入ってきた。ゆらゆらと揺れるごとに成長して、もう子供の背丈ほども大きい。楓の枝先まで来たところでその木陰《こかげ》に入り、そしてその木陰から出たときには確かに人間の姿を現していた。

鼓動が跳《は》ね上がった。悲鳴をあげぬよう、唇《くちびる》を嚙《か》む。

人間だった。女だった。

年かさの女だ。白っぽい着物を着ていた。素足で苔を踏む。微かな音が耳に届いた。その顔に笑みを刻《きざ》んで、女は左手を軽く上に挙《あ》げていた。肘《ひじ》から曲げて身体の脇《わき》に手を掲げている。その手には紐《ひも》が握られていた。——まるで縄跳《なわと》びでもするように片手で提げた一本の紐。

三代が激しい唸り声をあげた。飛びかかろうとするように深く身体を曲げ、隆の膝の上で身構える。

女は隆を見据《みす》える。隆は目を逸《そ》らすことができなくて、女を見つめる。

——これは人ではない。確かにさっきまでは人ではなかった。

女の形をしたものは縁側の外までやってくると、笑ったままで紐を首に巻いた。見せつけるようにして自分の首を括《くく》る。紐が首に食いこむほど強くその両端を引いて、それでもなお声ひとつないまま高らかに笑っている。

目を逸らしたくて、それができなくて、隆は女を凝視《ぎょうし》する。荒い呼吸に妨《さまた》げられて、声を出すことさえできなかった。

女は喉を反《そ》らしてひとしきり笑い、紐の両端を手放す。放した手を硝子につけて部屋の中をのぞきこんだ。目は哄笑《こうしょう》の形、口は哄笑の形、あまりに造り物めいて狂気の色を隠せない。

女は両手を硝子に突いたまま、その場にゆるゆるとしゃがみこんでいった。窓の縁《ふち》から笑う目元だけをのぞかせる。鉤爪《かぎづめ》の形に指を曲げて、硝子の表面をカリカリと掻いた。

逃げよう、と隆は思った。腰を浮かすと女も立ちあがる。子供のように両手を突き、額を硝子に擦《こす》りつけて部屋の中をのぞきこむ。

そろそろと隆は膝で退《さが》る。女はふと呼びとめるように口を開いた。唐突にすがる表情をして、頑是《がんぜ》ない手つきで硝子を叩く。

視線をはずせないまま、逃げなければ、と隆は思う。

思ったとたん、自分が確かにその女を知っていることに気がついた。

※※

——雨が降っていた。

——おかあさん。
子供に向かって女が走る。
——やめてください。
——やめてください、お願いします。
男の足が女の膝を蹴《け》り、下腹を蹴る。女の悲鳴が走った。
——この子はわたしの子供です。
手首を裂《さ》いた血が流れて伝った。

雨は降る。

——おかあさん。

第三章

1

直樹《なおき》が目を覚まし、顔を洗って茶の間に行くと、もう美紀子《みきこ》と典子《のりこ》は卓の前に座っていた。

「おはよ。……あれ、隆《たかし》は？」

「まだなのよ」

美紀子が微笑《わら》う。

「どうしたのかしら ね、最近。朝が遅くて」

「さすがの優等生も刃《は》こぼれする年頃か。願ったり、かなったり」

直樹は笑う。小さい頃からなにかにつけて較《くら》べられてきたのだ。直樹にしてみれば、隆が人間くさく堕落《だらく》するのは大いに歓迎するところだ。

勢いこんで箸《はし》を取りあげた直樹の手を典子が犬か猫のようにはたく。

「意地汚《いじきたな》い。起こしてきな」

「隆だって、夜更《よふ》かしすることぐらいあるって。めったにないことなんだから寝させとけば？」

「ホラ。行けってば」

「うるせえオンナ」

「なんだよー」

「悪《わり》ぃ。女じゃなくて、ガキだったな」

　舌を出して、直樹はしぶしぶ隆を起こしにいく。直樹よりも隆のほうが遅いなんて、記憶にある限り前代未聞《ぜんだいみもん》の珍事だ。

　そう思いながら廊下を歩き、直樹は昨日、隆が奇妙なことを言っていたのを思い出していた。

「……まさか、関係ねえよなぁ」

　ほんの些細《ささい》な表情が、どうしてこれほど気にかかる。隆にしても美紀子にしても。

　隆の部屋の襖《ふすま》は珍しくぴったり閉ざされていた。三代は中だろうかと思いながら、秘色《ひそく》に銀で青海波《せいがいは》を描いた襖を叩《たた》く。引き手は舟形。薄い蒼緑《あおみどり》の海、銀の波、ぽつんと浮かぶ黒い小舟。声をかけながら襖を開けた。

「——隆？」

開けたとたんに風が通った。隆は布団《ふとん》に座って、じっと庭を見つめていた。縁側に面した障子《しょうじ》は全部開け放たれて、しんと冷たい朝の風が通っていく。

「どうした？　飯だぜ」

直樹の声に振り向いた。瞳《ひとみ》が直樹の後ろで焦点を結ぶ。

「──なんだ？　具合でも悪いのか」

なんだかおかしい。まるで魂《たましい》を置き忘れてきたような風情《ふぜい》。いぶかしんで中に入ろうとした刹那《せつな》、隆はふいと横を向いて低い声を投げた。

「いま、起きる……」

直樹は少し胸の騒ぐ思いで、その造られたように硬い背中の線を見ていた。

「具合が悪いんだったら……」

「なんでもない」

ぴしゃりとした声が返ってくる。こんな有無を言わせない調子の声を聞いたのは初めてだった。

なんだろう、これは。まるで隆ではないようだ。声も姿も気配までも、隆本来のそれになにか異なる影をかぶせたようだ。──そう、違和感。

ばかな、と直樹は思う。なんだって自分はそんなことを考えているのだろう。──違和感だって？　ここにいるのは隆じゃないか。

直樹が声をかけあぐねていると、やがて隆が振り向いた。

「いま、行くってば。手間をとらせてごめん」

直樹に微笑《わら》う。その笑顔を見て直樹はようやく安堵《あんど》する。いつもの隆だ。どこにも違いはない。そもそも違うはずがない。

「眠いんだったら飯喰《く》ってから寝ろよ」

「そう何度も責めなくたって、もう起きます」

茶の間に現れた隆に向かって、美紀子は第一声、具合でも悪いの、とひどく心配そうに訊《き》いた。

「いや。寝過ごした。ごめんなさい」

微笑って座り、箸を取って手を合わせる。それを美紀子は妙にほっとした様子で見守った。

魚をほぐし始めた隆の脇《わき》に、三代がのっそりと近づいて、隆は三代を振り返る。

「朝ご飯、まだなのか？」

「もう食べたよね」

典子が三代に同意を求めた。もちろん三代の返答はない。三代は隆の脇で、じっともの問いたげに顔を上げている。隆はほぐした白身を少しだけ掌《てのひら》に取って、三代に差し出した。三代はその掌《たなごころ》に顔を突っこみかけたが、ふいと横を向くと茶の間を出ていってしまった。

「隆ちゃん、ダメだよぉ。三代、ダイエット中なんでしょ?」

「少しだよ」

「その一口が肥満のもと。三代のほうがよっぽど心得てる」

典子に笑われて隆も笑みを返す。直樹は突然、その笑顔にひどい違和感を覚えた。

2

田舎《いなか》のこと、遊ぶ場所はどこにもない。直樹も典子も、ここに来ているときだけはそんなことを気に病《や》んだことはなかった。この里にいると、時間は流れていくもので、消費するものではないと思えるのだ。

昼までは隆の父親の蔵書を漁《あさ》り、午後には庭に出て草むしりをした。庭仕事はいつだって無尽蔵《むじんぞう》にある。春は一番油断がならない季節だった。この時期に監視を怠《おこた》ると、野草は途方もなく奔放《ほんぽう》になる。

「……隆ちゃん、浮かない顔」

典子が手をとめて隆の顔をのぞきこんだ。

隆は朝からどこか漠《ばく》とした表情をしていたが、三時も近い頃になって明らかに沈んだ顔をするようになった。

「……そう？」

「気分、悪いの？　寝てたほうがいいんじゃない？」

「いや」

隆は軽く首を振る。なんでもないのだと言って。

「顔色、悪くないか？　だいじょうぶなのか」

「そう何度も訊かれると、なんか、病人になった気がするね」

「病人みたいなツラしてんぜ」

「気のせいだよ」

隆は微笑《わら》う。それでも直樹はなんとなく不安な気がしていた。常には朝の早い隆が今日《きょう》に限って遅かったこと。起こしにいった時の様子がどことなく不機嫌《ふきげん》そうに見えたこと。そして、明らかに沈んだ様子。具合でも悪いなら納得《なっとく》もいくが、と直樹は内心首をかしげていた。どれもこれも、隆にしては本当に珍しいことだったので。

美紀子にも隆の様子はおかしく見えたらしい。家に入ってお茶を飲んだあと、その辺を散歩してくる、と言って立ち上がった隆を心配そうにのぞきこんだ。

「だいじょうぶなの？」

隆は怪訝《けげん》そうに振り返る。

「……なんで？」

「具合が悪そうに見えたから」

何度も同じことを言われたせいかもしれない。隆は微《かす》かに眉《まゆ》を寄せた。——不快げに。

「本当になんでもないんだよ」

すぐにそれはいつもの少し困ったような笑みに消えてしまったけれども。

典子が声をかけた。

「せめて家の中にいれば？　ね、ゲームしよ。あたし、持ってきたから」

「いや。ちょっと外を歩きたい気分なんだ。……ごめん」

茶の間を出ていこうとする隆を、美紀子がとめた。美紀子の顔にははっきりと不安げな表情が浮かんでいた。

「隆、少し眠れば？　なんだか顔色が……」

「なんでもない。気のせいだよ」

隆は微笑《わら》う。

「だって、本当に顔が蒼いわ」

美紀子は息子の顔をのぞきこんだ。

「光の加減じゃない？」

隆の言葉には微かだがそれと分かる程度の苛立《いらだ》ちが含まれていて、直樹は心中で驚いた。

「そんなことじゃないわよ。熱でも」

言いながら隆の額《ひたい》に伸ばされた手は、乱暴なほどぞんざいな手つきで払われた。

「だいじょうぶだってば」

その場にいた誰もが驚きのあまり立ちすくんでしまった。低い冷淡な声だった。怒《ど》鳴《な》らないだけに、いっそう取りつく島もなかった。

「ほっといてくれないかな」

隆の目がどこか酷薄《こくはく》な色を宿した。

「――隆」

一度だってこんな口をきいたことはない。誰もがそう思った。こんな声を出したことも、こんな目をしたこともない。

全員の愕然《がくぜん》とした視線に気づいたのか、隆はわずかに目を逸《そ》らしてから、困ったような笑みを浮かべた。

「……ごめん。本当になんでもないから。ちょっと気分が悪いんで、外の空気を吸ってくる」

詫《わ》びるように直樹たちを見やると、足早に茶の間を出ていった。

「どぉしてー？」

典子の困惑しきった声が縁側を去る障子の影を追いかける。

「どうしちゃったの、急に」

直樹は何げなく美紀子を振り返った。隆に手を差し伸べた形のまま凍《こお》りついたように動かない美紀子を。美紀子の顔は人形のように血の気を失っていた。

「伯母《おば》さん？」

そんなにショックだったのだろうか、と思わず声をかけた直樹を、美紀子は呆然《ぼうぜん》とした目で見返す。

「だいじょうぶ？」

「……ええ」

虚《うつ》ろな声だと思った。完全に抑揚《よくよう》をなくした声。尋常《じんじょう》でないと感じた。

「どうかした？」

「いいえ……なんでもないの」

ふる、と震えて、美紀子は笑顔をつくる。しかし、その笑顔もひどく強張《こわば》って、直樹と典子に不安を与える結果にしかならなかった。ふたりはいぶかしんで伯母を見つめる。彼女はもう一度血の気のない頬《ほお》で微笑《わら》った。

「ごめんなさいね。……なんだか機嫌が悪かったみたいね」

口早に言って立ち上がると、その場を追われるように勝手のほうへ消えた。

「なんでー？」

典子の声はまだ、困惑しきった響《ひび》きをしていた。

「伯母さんも隆ちゃんも、どうしたっていうわけ？」

直樹は答えない。答えてやることがない。

この家に来て、こんなに居心地《いごこち》の悪い思いをしたのは初めてだった。隆が怒ったことも、母子《おやこ》が喧嘩《けんか》をしたこともない。いつだってふたりはおっとりと微笑っていて、直樹と典子を至極《しごく》快い空気で包んでくれた。家も人もあまりに優しくて、それ故《ゆえ》にかえって異境のように思えたものなのに。

「あたし、こんなのヤだ」

典子の様子はひどく動揺している。直樹は軽く妹の頭を叩いた。

「ま、そういうこともあるって。機嫌の悪いときとかさ、落ちこむときとか」

宥《なだ》める直樹を典子は不思議そうに見返した。

「機嫌が悪い？　隆ちゃんが？」

「隆だって人間なんだから、そんなときだってあるって」

「機嫌が悪いなんて思えなかったもんっ」

「こらこら、だったらなんなんだよ」

「機嫌が悪いとかそういうんじゃないよ。あれは人が変わったみたい、っていうんだよ」

典子の指摘に直樹は少し驚いた。

……人が変わった？　ばかな。それは言い過ぎというものだ。

そう思いつつも、直樹は典子の言葉を笑えない。

少なくとも直樹の記憶にあるかぎり、隆が他人に対してあんな口のきき方をしたことは一度もなかった。人間だから、腹を立てることがないはずはない。だが、隆はそれを少なくとも表に出したりはしなかったし、そんな時にも、相手とのコミュニケーションを断ち切るような真似《まね》はしない。典子や直樹がどんなに癇癪《かんしゃく》を起こしても、隆はじっと激昂《げっこう》が治まるのを待っている。殴《なぐ》られても辛抱《しんぼう》強く待って、きちんと話を始めるタイプだった。記憶にあるかぎり子供の頃から、隆は持って生まれたようにそういう性質の人間だった。

「今日の隆ちゃんは、絶対変だ。あんなの、隆ちゃんじゃない。伯母さんの手をはたくなんてっ」

「だから虫の居所がよっぽど悪かったんだろ、きっと。あいつだってなにか悩みでもあるんだよ。夜、寝られないみたいだしさ」

「それよ」

　典子は直樹の前に顔を突き出す。

「昨日《きのう》、隆ちゃんになんか聞いた？」

「……なんかって」

「夜眠れないって隆ちゃんが言って、理由を訊いたら結局言わなかったじゃない。あのとき隆ちゃん、お兄ちゃんに目配《めくば》せしたでしょ。あたしには聞かせたくないってふうに。理由を訊かなかったの？　だからあたし、席を外《はず》してあげたのにっ」

　本当に典子には驚かされる。なんて聡《さと》い娘なのだろう。

「……言ってたけど」

「なんて？」

　隆は彼らしい配慮で典子には聞かせたくないと思っていた。言っていいものか、直樹は少し迷って、結局口を開く。

「マジで言ったのかどうか分かんないけどさ。その……」

　口に出そうとして、直樹にはとてつもなく馬鹿馬鹿《ばかばか》しいことに思えてしまう。典子がごく真剣に直樹をのぞきこむので、しかたなく言葉を続けた。

「出るんだとさ」

「へ？」

「だから——。夜、部屋に出るんだって」

「出る……って、オバケ？」

直樹は肩をすくめる。隆の様子は確かにいつもとは違っていたが、これがその原因になんらかの関係があるなんて、あまりにも空想的に過ぎる気がする。

「よくは分からんけどさ。まぁ、本人はそう言ってたぜ。人の気配がするって。幽霊でも出るみたいな口ぶりでさ」

典子は考えこむ。

「……それで、お兄ちゃんはなんて答えたの？」

「なにって——べつに……」

からかってやったとは、言いにくい雰囲気《ふんいき》だった。

「おい、典子。まさか、お前も見たなんて言い出すんじゃないだろうな」

典子は首を振る。

「そんなの、感じたこともないし。あたしそういうの信じないほうだし。——でもね」

典子の目は隆が消えたほうを追った。

「クラスの子が言ったんだったら笑うよ、あたしだって。でも、隆ちゃんがそんなことを言い出すからには、なにか理由があるんだと思う」

――なぜ、と直樹はとっさに唇《くちびる》を嚙《か》んだ。

なぜ自分はそう考えてみなかったのだろう。確かに、隆は戯《ざ》れ言《ごと》でそんなことを言い出す人間ではないのに。

小さな色鮮《あざ》やかな染《し》みが落ちた気がした。ひどく心の琴線《きんせん》を乱す色。直樹は直感を信じないが、それでもなにかとても不穏《ふおん》な事態が生じたのだと、そんな気がしてならなかった。

典子は呟《つぶや》いている。

「伯母さんだって変だよ……。あんな、真っ青になるなんて」

3

美紀子は自分の部屋に戻ると、後ろ手に音高く襖を閉じ、そこにもたれるようにして深い溜息《ためいき》をついた。

身体が震えていた。足が自分を支えることができない。力なく首を垂《た》れ、ずるずるとその場に座りこんでしまった。

隆が叩くように払い除《の》けた自分の手をじっと見る。

隆が、あんな顔をしたことはなかった。おっとりとした優しい息子だった。母ひとり子ひとりのことだから、自分がかなり息子に甘いことを美紀子は充分自覚している。そして、息子が普通の子供以上に美紀子に優しいのも。

なにか気に障《さわ》ったのかもしれない。よほど機嫌が悪かったのかもしれない。それでも、あり得ないことだと分かっている。

——隆は性根《しょうね》の強い子供だ。

たぶん、そうなのだろうと思う。子供の頃から周囲の大人《おとな》が驚くくらい意志が強く、忍耐強かった。それは隆が八つのとき、父親が急死してからさらに強まったように思う。

——隆ちゃんが泣いたら駄目《だめ》でしょ。

あれは誰が言った言葉だったか。芳高《よしたか》の通夜、弔問客《ちょうもんきゃく》の言った言葉に、八つの子供は泣きやんだ。

——お母さんが一番辛《つら》いんだから、慰《なぐさ》めてあげないと。

頷《うなず》いて美紀子の手を励《はげ》ますように握った子供は、夜伽《よとぎ》の間じゅう、その手を頑《がん》として放さなかった。寝るように言っても、首を振る。耐《た》えかねて何度も傾《かし》ぎそうになりながら、それでも手を握ったままずっと横に座っていた。美紀子が所用で立つときにはついてくる。間近にいて懸命に手伝おうとした。——それきり、美紀子は一度も、隆の涙を見ていない。

怒ることや不機嫌になることがなかったはずはないが、そんなときにはひとりで庭に出、あるいは部屋に籠《こも》って、気持ちの整理をつけてから茶の間に戻ってくる子供だった。

だからこそ、単に機嫌が悪かったなどと考えられない。その程度で、それを表に出したりはしないいし、ましてや声を荒らげるようなことをするはずがない。

あんな目をしたことはなかった。あんな声を出したことはなかった。これまで、一度も。

「……そんな、はずは、ない」

上擦《うわず》った声で呟いてみる。あの子があんな態度をとるはずは。これは自分の思い違い。あるいは。隆はそんなつもりでなかったことを、自分はいつになく酷薄に感じただけなのかもしれない。

必死で慰める自分を、もうひとりの美紀子が冷淡に見おろし、囁《ささや》く。あれは事実。お前は認め、動かなければならない、と。

隆の目を見た。わずかに一瞬のあの色。酷薄なその色よりもなお、美紀子を揺さぶってならない影。暗い影だった。陰火《いんか》のように暗い光。

(——お姉ちゃん)

美紀子は覚えている。過去にあんな目をした人がいた。突然のようにあんなふうに魂の色を変えた人がいた。

その人の顔と隆の顔は不思議なほど重なってしまう。その暗い目の色を軸《じく》にして。同じだ、あの時と。あの夏の日と。

うだるような夏、寝苦しいその夜。

(お兄ちゃんがいない)

認めなければならない。覚悟はできていたはず。——あの夏が再現されようとしている。

絶望に視野を侵蝕《しんしょく》された。目の前が真っ暗になるとは、こういう気分だったのかと美紀子はひとごとのように思う。

(お父さんもお母さんもいないよ……!)

願いは無視された。祈りは届かなかった。隆の目ははっきりとそう告げていた。見間違いではない。勘違いではない。自分はずっと隆の目にあの色を探し続けてきたのだ。深い恐れとともに。

天井《てんじょう》を仰《あお》いでもう一度長い溜息をつく。聞く者があれば、泣いていると思ったろう。少なくとも美紀子には自分が泣いているかのように聞こえた。

美紀子は、のろのろと膝《ひざ》で這《は》って文机《ふづくえ》の前に座った。さらに一度、絶望に満ちた溜息をついてから毅然《きぜん》と顔を上げる。乱暴に抽斗《ひきだし》を抜くと、中のものを机の上にぶちまける。せかされたように、指を積み上げられた物の間にさまよわせたが、すぐに途方にくれ顔を覆《おお》ってしまう。

しっかりしなくては、そう自分を励まし机の上を眺《なが》める。

――しっかりしなくては。

なにをすればいいのかは、分かっているはず。この一年、祈りながら、淡《あわ》い期待を紡《つむ》ぎながら、それでもずっと考えてきた。

答えはとうに出ている。自分がこれからなにをすべきなのか。

隆は十七。直樹は十七。

願いはかなわなかった。祈りは届かなかった。奇蹟《きせき》は起きなかった。

――運命の春がやってきたのだ。

4

隆が外から戻って来たのは、夕飯の時間になってからだった。茶の間で膳《ぜん》を調《ととの》えている美紀子を見て、隆は一瞬なにか言いたげにしたが、なにも言わずに台所へ消えた。典子にそっと目配せをされて直樹は隆の後を追う。台所では隆が三代のためにキャットフードの缶を取り出していた。

「……あのさ」

直樹はそっと声をかける。

「なに？」

訊き返す隆は手元から目を上げない。三代が台所の隅《すみ》で隆を見上げていた。

「お前、夜に変なことがあるって言ってたろ」

隆の手がふととまり、すぐにまた動きだした。慣れた手つきで缶を開け、三代用のスプーンで中をほぐすと足元の皿に空《あ》ける。

「……言ったっけ、そんなこと」

「おい！」

声を荒らげて、はっと直樹は口をつぐむ。茶の間のほうをうかがったが、美紀子と典子はなにか話をしているようだ。

「言っただろ、出るって。あれさ……」

言いかけた直樹を、煮干《にぼ》しの壜《びん》を開けながら隆はさえぎった。

「──ちょっとした冗談だよ」

直樹を見やって微笑《わら》う。

「信じた？」

「お前な……」

隆はふいと目を逸らし、煮干しを三代の皿に混ぜてやる。それを隅にちょこんと座った猫のほうに押しやった。

「ほら、三代」

三代は耳だけをぴくりと動かす。髭《ひげ》をそよがせて、しかし、動きはしなかった。じっと隆を見あげている。

「どうした？　……さてはどこかで間食をしてきたな」

隆は、しょうのないやつだな、というふうに微笑う。さらに皿を押しやると、三代はのそと立ちあがって台所を出ていった。

直樹は終始違和感に苛《さいな》まれる。隆の笑顔。柔らかく笑みを刻《きざ》んだおっとりとした表情。なにかが違う気がしてならなかった。形は同じだが気配が、……気配が確かに違う気が。――だが、気配とはなんだ？

「隆……」

「からかったんだよ」

隆は直樹を振り返って笑った。

「直樹があんまり深刻そうにしてたから」

……そんなはずはない。しかし、言葉にはならなかった。冷静に考えれば、確かに隆の言い分のほうがありそうなことに思える。

なんと言っていいのか分からず、直樹は黙《だま》って隆の顔を見つめる。隆が笑ってみせた。ちょうどそこに典子が暖簾《のれん》から顔を出して、ご飯にしよ、と声をかけてきた。

「――あれ？　三代は？」

「出かけた」

「ご飯も食べずにぃ？」

「どこかで間食してきたんじゃないかな。……これだから、ダイエット・フードにしても意味がないんだよね」

典子は声をあげて笑う。

「猫も人も同じかぁ。ダイエットとはそういうものだ。――で？　兄貴も隆ちゃんもダイエット？」

「とんでもない。もちろんいただきます」

隆の声は明るい。――どこも違いはない。どこも。

直樹は茶の間に戻る隆を困惑して見送った。

なのにどうして、こんなに違和感を覚えるのだろう。

食べると言っておきながら、隆はあまり食が進まないようだった。箸の先で煮物をつつき、気のない様子でかき回す。そして美紀子もまた、わずかに口をつけただけで箸を置いてしまった。

　夕飯の間じゅう、隆は口をきかなかった。美紀子とは目を合わせない。美紀子がなにかを言っても、聞こえないのか聞こえないふりをしているのか、ろくすっぽ返事もしなかった。直樹か典子がなにかを問えば返事はかえってきたものの、それはひどくおざなりな返答である気がした。隆は寡黙《かもく》だが、聞き上手《じょうず》ではあった。常に言外に話の続きを促《うなが》しているところがあった。——今夜はそれがない。

「ごちそうさま」

　半分も手をつけないまま、隆が立ちあがった。美紀子は立ちあがる隆の姿をどこか切なげな視線で追った。

　とん、と卓の下で直樹の足を蹴《け》ってきたのは典子だ。箸を使ったまま目で直樹を促す。追いかけろ、ということらしい。直樹は軽く溜息をつき、どうせ気まずい雰囲気に喉越《のどご》しもよくなかったことだし、と食事をあきらめて立ちあがった。

「もう、おわり？」

　美紀子が直樹を見あげる。

「うん。ごちそうさん。なんか、あんまし腹減ってなくて」

　美紀子は顔を曇《くも》らせる。直樹はそれに笑いかけてやった。

「きっと後で減ると思うから、夜食、ヨロシク」

おどけて言うと美紀子は微かに笑う。だが、すぐに目を伏せて、

「ごめんなさいね……」

そう呟いた。


直樹は茶の間を出て隆を追う。まっすぐ隆の部屋のほうに向けて小走りに廊下を行くと、すぐに隆に追いついた。

声をかけると隆の足がとまる。振り返ったその顔はどこか不快なように見えた。

「……なに？」

「お前、本当にどっか具合悪いんじゃないのか？」

いまさらの問いだが、他にかける言葉がなかった。

隆は溜息をつく。

「べつに。……何度もそう言ってるのに」

「本当か？　ちょっと熱っぽいとか」

「ないってば」

苛ついたように棘《とげ》のある声だった。直樹は隆にもこんな声が出せたのかと、いまさらのように驚いてしまった。

「じゃあ、どうしたんだ？　伯母さんに腹を立ててることでもあるのか？」

「……べつに」

低く答える。

「なあ、隆。どういう理由だか知らねぇけどさ、ああいう態度はよしなって。飯の間じゅう、無視してさ。それに、昼間の態度はなんだよ。伯母さん泣きそうな顔してたぞ」

隆は少し困ったように笑う。――いつもの顔だ。

「ちょっとうんざりしただけだよ。みんなが寄ってたかって人を病人にしたがるから」

「お前を心配してんだろ。伯母さんにちゃんと謝《あやま》れよ。うるさく感じるのは分かるけど、なにも人の手を払い除けるほどのことじゃねえだろ？　あの態度はないと思うぞ」

くす、と隆は笑う。

「直樹だってよくやってることだろう？」

「俺とお前じゃ、インパクトが違うの。普通、何事かと思うぜ。お前みたいなのが、あんな態度をとったらさ」

「……そうかな」

「そうなの。かくいう俺も驚いたぞ。――まあ、お前も血が通ってるってことで、責めることじゃないんだろうけどさ。でもさ、伯母さんにしたら、いきなりあれで、そのうえ夕飯中無視じゃ、うろたえると思うぞ。昼間も真っ青になってたし。すげーシヨックだったんだろうな」

「関係ない」

そっけない声を、直樹は一瞬、つかまえそこねた。驚いて見た顔は、複雑な笑みを浮かべている。笑顔、ではない。なにかが混じった表情だ。あまり良くない感情。

直樹は目を見開いた。——これは、嘲笑《ちょうしょう》とは言わないか？

「おい？」

「……あんな……女」

煩《わずら》わしげに言って捨てた。かきあげた前髪の下で赤く潤《うる》んだ目が、なぜか不安をかきたてる色をして見えた。

「あんな、……あんな、女って」

驚いて咎《とが》める直樹を、隆は困ったように見る。

「ああ、……ごめん。言い方が悪かった」

「お前な」

隆は踵《きびす》を返す。

「でも、女には違いないと思うよ」

直樹はかける言葉を見つけられず、そのまま隆を見送った。

——これはいったい、なんなんだ？

5

翌日も、隆の態度に変化はなかった。あるいは、変化したままだったと言うべきかもしれない。

隆はもちろん、美紀子に詫びたりはしなかったし、美紀子も遠目に息子を眺めるばかりで別段咎めたりはしなかった。直樹も典子も、さすがにかけるべき言葉が見つからず、やはり母子《おやこ》を見つめるだけになった。

隆は、干渉しない限り平常以上に静かだった。話しかけられねば口もきかず、そのうちにただ茫洋《ぼうよう》と庭を見ていることが増えた。ただ、美紀子がその側《そば》を通ると、時に盗むような視線で美紀子を見た。

二日三日と経《た》ち、隆は徐々に人の輪から外れるようになった。朝食はすっぽかし、昼まで部屋に籠ったまま出てくることを厭《いと》う。食事にお茶に、誘いにいくのはいつも直樹だったが、部屋の襖は常に必ずぴったりと閉ざされ、声をかけても返答すらないことが増えた。午後になると散歩と称して家を出る。直樹も典子も同伴を申し出たが、やんわりとした口調で、しかしながら断固として断られた。

美紀子は鬱《ふさ》ぎこみ、食も細り口数も減った。笑顔を見せることさえなくなっていった。直樹や典子が励ますように声をかけても、美紀子の笑顔は宙に浮いたようにぎごちなかった。そして、彼女が息子を見る目は慈愛と悲嘆とがないまぜになった複雑な色をたたえているのだった。

隆には取りつく島もなく、美紀子にはかける言葉がなく、隠れ里の野草の家は深い亀裂《きれつ》を刻んだままゆるやかに時を過ごしていく。

直樹にはいつの間にか、この家が密《ひそ》かに時を数えているように思えてならなくなった。この家は、この母子は時を待っている。息をつめ、互いを監視し、なにかを待っている、そう思えるのだった。

月は替わり卯月《うづき》の声を聞いた。いつの間にか茶の間からは会話というものが消えていた。


「お兄ちゃん、いい?」

午後、直樹が部屋で本をめくっていると、襖が開いて典子が顔を出した。

「……どうした」

「なんか、落ちこんじゃって」

典子は舌を出す。

「ほほう。お兄ちゃんが慰めてやろうか」

「うん」

いつになく素直に頷いて典子は直樹の側にやってくる。ぺたんと座って直樹の肩に額をあてた。

「……お前、本当に落ちこんでんのな」

「うん」

微かに呟いて首を頷かせる。

「どうなっちゃったの、この家」

「ああ」

典子は顔を上げた。

「あたしね、この家、好きだったの」

「改めて言うなって」

「うん。でもね、本当に好きだったの。あたし、ここがお伽《とぎ》の国だと思ってたの。野草しかないけど、伯母さんが女王さまで隆ちゃんが王子さまに見えた」

「……なんだよ、そりゃ」

「歳、いくつだ、お前」

微かに胸に痛いものを感じながら、直樹はことさらのようにからかう口調をする。

「……こんなのは、やだよ」

「俺たちにできることがあればね。しょうがないだろ、俺もお前もしょせんは部外者なんだし」

「胸が痛い……」

典子はコトンと畳の上に頭を落とす。

「おい」

「あたし、ここを桃源郷《とうげんきょう》だと思っていたみたい」

「それはお前が間抜けなんだよ」

「……言ってくれちゃうわね」

「ユートピアって知ってっか？」

「知ってらい。あたし、ここがユートピアだと思ってたんだもん」

「言葉の意味は？」

意味、と訊き返して典子が顔を上げる。

「ギリシャ語で、どこにもない、って意味なんだってさ」

典子は微かに泣きだしそうな形に顔を歪《ゆが》めた。

「……兄貴、高尚《こうしょう》なこと知ってんじゃん」

「——隆が言ってた」

「…………」

直樹は、黙りこんだまま顔を俯《うつむ》かせた典子の頬を見る。じっと畳に視線を落としたまま、典子は息をひそめるように黙っていた。

「帰るか？　家に。予定より早いけど」

「こんな状態で？　伯母さんを残して？」

「俺たちがいないほうが解決になるかもしれない」

「逆だったら？」

直樹はふいに胸を突かれる。

「逆……？」

「あたしたちがいるから、いま以上に悪化しないのかもしれないじゃない」

典子の言葉はひどく直樹の意識を乱した。あの親子は深い溝を前に、なす術《すべ》もなく佇《たたず》んでいるように見える。直樹たちがいるからふたりがそれを越えられない可能性は高い。だが、ふたりが起こす行動が溝を埋《う》めるためのものではなかったら？

直樹は笑って顔を振った。

なにを考えてる。そんなことがあるはずはないじゃないか。ふたりが事態を悪化させるなんて。もちろん、ふたりは客の帰ったあと時間はかかっても亀裂を埋めていくのだ。ひょっとしたら、ふたりは初の親子喧嘩というものをやらかすのかもしれなかったが、このまま黙りこんでいるよりも、マシなことに違いない。この夏に再び来れば、以前と同じ穏《おだ》やかな風景が見られるだろう。

直樹がそう言うと、典子は表情を曇らせた。

「本当にそう思う？」

「思うな。……それこそ反抗期なんだろ、隆も。いいじゃないか。反抗期のない子供は危険だっていうし」

「そう……そうだね」


直樹が隆の部屋を訪ねたのは、その夕刻だった。

「ちょっといいか？」

隆は縁側にいた。開け放した窓の縁《ふち》に背中を預けるようにしてじっと顔を庭に向けている。直樹の声には振り返らなかった。返答すらない隆が、それでも起きていることを確かめて直樹はできるだけ静かな声で言う。

「予定より早いけどさ、俺たち、帰ろうと思うんだ」

いつもならば、始業式のギリギリまでいるのだけれど。

「俺たちじゃ、お前の相談には乗れないみたいだし。伯母さんの慰めにもなんないみたいだし。なにがあったのか知らないけどさ、俺たちがいないほうが、お前だって伯母さんと話がしやすいだろ」

ふいに隆が笑い声をあげた。振り向きもしないせいで、その顔は見えなかった。

「違うんじゃない」

「……え？」

「家が暗くてたまらないから逃げ出すんじゃないのかな？」

直樹はその言葉にはっきりと揶揄《やゆ》する響きを感じてわずかに唇を噛んだ。

「……そのとおりだよ。誰のせいだと思ってるんだ」

「まるで僕のせいだと言わんばかりだね」

「お前のせいだろうが！」

思わず怒鳴った。

「僕のせいじゃない」

隆は庭を見たまま言って捨てる。

「あの女が悪い」

「なんで」

「直樹は知らなくてもいいことだよ」

隆はまだ直樹を振り返らない。

「……お前、なに考えてんだよ」

隆は微かな声で笑った。

「直樹には想像もつかないようなこと」

「——こっち、向けよ」

直樹の低い声を隆は黙殺《もくさつ》した。

その襟首《えりくび》を摑《つか》んで強引に振り向かせようとしたが、強い音とともにかけた手を叩き落とされる。

「隆っ！」

カッとなって摑みかかった。初めて隆が振り返り、その顔に浮かんだ侮蔑《ぶべつ》にも見える表情が直樹を挑発《ちょうはつ》する。

襟首を摑み、引き倒そうとした直樹の手を隆が払う。なおも摑みかかる直樹の手を逃《のが》れて庭に飛び降りると、振り向きざま後を追おうとした直樹を突き飛ばした。

家中に響きわたるほど盛大な音をたてて障子が倒れる。転《ころ》がった直樹の背の下で雪見窓の硝子《ガラス》が砕《くだ》けた。

「……て……っ」

隆は庭に立って直樹を眺めている。はっきりと冷笑を浮かべて。廊下を誰かが走ってくる音がした。

「なにをそんなに熱くなってるわけ？　ほっとけばいいじゃないか、他人の家のことなんだから」

「るせぇ……」

どこかを切ったようだった。微かに背中で鋭利な痛みがする。

直樹が起きあがったところに典子が、続いて美紀子が駆《か》けこんできた。

「どうしたの⁉」

典子は叫んで部屋に飛びこんでくる。隆は入り口で立ちすくんだ母親に目をやった。

美紀子は蒼白《そうはく》だった。絶望に彩《いろど》られた目で庭に立つ息子を凝視する。隆は母親に微笑《わら》いかけた。いっそ禍々《まがまが》しいほど昏《くら》い笑みで。

その笑顔に思わず呑《の》まれて言葉もない直樹たちを睥睨《へいげい》し、隆は背を向ける。素足のまま苔《こけ》を踏んで庭を表に曲がっていった。


その日、夜半には強い風が吹いた。

直樹の怪我《けが》は微かに背中を切っただけに終わった。隆はあのまま姿を見せず、誰もが気づかないうちに部屋に戻ってはいたようだったが、声をかける者はなかった。

——あの女が悪い。

——直樹は知らなくてもいいことだよ。

どういうことなのだ。なにを考えている。

——直樹には想像もつかないようなこと。

典子はいたくショックを受けたようだった。直樹の傷に薬を塗りながら初めて泣いた。美紀子は、――美紀子は特に取り乱さなかった。直樹に詫び、そして微笑った。胸に沁《し》みるほど悲しい笑顔だった。

床《とこ》の中で組んだ腕に頭をのせたまま、枝が騒ぐ海鳴りのような音を直樹は少しく不安な思いで聞いている。耳障りな音ではないが、神経を揺り動かす。寝つけないまま反転を繰り返し、徒《いたずら》に数を数えた。

6

美紀子はふいに気が向いて、濡《ぬ》れ縁《えん》の吊《つ》り灯籠《どうろう》に灯《ひ》を入れた。

芳高の自室だった。夫が死んで以来、なにひとつ動かしていない。あまりに突然の死だったので、いろんなものが出たままだった。それを片づけただけで、あとは抽斗の中さえいじっていない。眺めも風通しも、一番いい部屋だったので、隆が使いたいと言えば整理するつもりだったが、もちろんそんなことを言いだす子供でもなかった。昼間なら庭に出る。――考えたいことがある時には。隆もそうだったから、なにか気まずくなりそうなことがあると、母子《おやこ》はふたりして、庭の別々の場所で働いていることがあった。……考えてみると可笑《おか》しい。

夜なら、縫い針をとる。それさえできないほど心が揺れていれば、芳高の部屋に来た。夫の残した書き付けや、抽斗の小物を取り出して眺める。芳高は美紀子より十も年上だったので、どこか兄のような父親のような雰囲気があった。美紀子が思い悩んでいれば、静かな声で促す。なにがあったのか言ってごらん、と。自分は石灯籠になっているから、と言って。

そんなふうに、芳高の遺品に向かって、美紀子は語るのだ。それでなんとなく気持ちの整理がついた。

明かりは吊り灯籠の蠟燭《ろうそく》だけ。火影《ほかげ》のせいで影が揺れる。小さな、暖かな色の炎だ。

(――お姉ちゃん)

虫でさえうんざりと口を噤《つぐ》むような夏の夜、じっとりと濡れたように湿気を含んだ夜風、そこに鮮やかに燃えた炎。

美紀子は由岐絵《ゆきえ》と抱き合ってその炎を見ていた。窓から噴き上がった炎は目に灼《や》きつくような鮮やかな山吹、あの暑い夏の夜に、さぞかし辛かったはずだが、不思議に熱かったという覚えはない。

煤《すす》にまみれて家から逃げ出した美紀子を見つけ、由岐絵は泣きながら駆け寄ってきた。

(お兄ちゃんがいない)

美紀子は兄、宗和《むねかず》がどこにいるか、たぶん知っていた。

(お父さんもお母さんもいないよ……!)

父母がどこにいるかも知っていた。それで返事ができなかった。由岐絵は何度も、集まった人垣《ひとがき》の間を見渡していた。

それを最後に、由岐絵は兄の話も両親の話もしなくなった。美紀子はもちろん、話をする気がなかった。親戚《しんせき》の家に引き取られたが、親代わりの叔父叔母《おじおば》も、もちろん話題にのぼらせなかった。

——以来、忘れた。忘れるように努めた。

引き取られて以前のことを思い出させるようなことは、美紀子も由岐絵もいっさい口にしなかった。

話をしたのは一度だけ、深夜、由岐絵が電話をしてきた時だけだ。電話は公衆電話から、夫が寝てから家を抜け出してきたのだと分かった。

(子供ができたの)

美紀子もその時、身籠《みご》っていた。

(……お姉ちゃん、産んでもいい?)

由岐絵は美紀子に許しを求めた。美紀子は許しを求める相手を持たなかった。何度も堕《おろ》してしまおうか、迷っては病院の前まで行き、決意がつかずに戻ることを繰り返したあげく、やっと産もうと決意した夜のことだった。

——産みなさい。わたしも産むわ。

美紀子は返した。由岐絵はうん、と言葉を残して電話を切った。

たった一度の、三分間に満たない会話だ。

由岐絵はそれで救われたかもしれない。許された気になったのかもしれない。だが、美紀子はそもそも由岐絵を許す権限など持っていなかった。

美紀子も怖《こわ》かった。どれほどにか悩んだ。やっと決意したところだったから、自分の決意が揺らぎそうで、否《いな》と言う気になれなかった。——ひょっとしたら、自分と同じ葛藤《かっとう》の中に妹を引きずりこみたかったのかもしれない。

「……ごめんなさいね、由岐絵……」

積み重ねた嘘《うそ》と、身勝手な願い。

それでも、いまも後悔はしていない。——なにひとつ。

※※※

——雨が降っていた。

男もまたずっしりと濡れていた。

——おかあさん。

子供に向かって女が走る。

——やめてください。

——やめてください、お願いします。

男の足が女の膝を蹴り、下腹を蹴る。女の悲鳴が走った。

——この子はわたしの子供です。

——この子はわたしのたったひとつのものです。

子供の手首を裂《さ》いた血が流れて伝った。

――母親とはその程度のものか。

――なにを。

雨は降る。

――おかあさん。

第四章

1

翌朝だった。

美紀子《みきこ》は布団《ふとん》の中で昏睡《こんすい》しているのを発見された。

典子《のりこ》の悲鳴に直樹《なおき》が駆《か》けつけると、美紀子は布団の中で顔色もなく、瞼《まぶた》を堅く閉じていた。呼べど叫べど落ちた瞼はピクリでもない。枕元には農薬の壜《びん》があった。無数のカプセルと。激しく嘔吐《おうと》した痕《あと》も残っていた。

なぜ。

――なぜ。

衝撃から覚めて直樹は駆け寄る。床《とこ》に跪《ひざまず》き顔を寄せる。鼻を突いたのは吐物の臭《にお》いと、それよりなお異臭を放つ農薬の臭い。それでもかざした手には微《かす》かに呼吸が感じられた。

「典子！　救急車っ!!」

倒れそうなほど頬《ほお》を白くした典子が人形のように頷《うなず》く。身を翻《ひるがえ》すと廊下を転《ころ》ぶ勢いで駆けていった。

……どうしてこんな。

呆然《ぼうぜん》と、歪《ゆが》んだ形に凍《こお》りついた美紀子の顔を見おろした。枕元に揃《そろ》えられた薬の壜とコップとが、これは自殺だと直樹に告げている。

そんなはずはない。死ぬ理由などあるはずがない。

脈をとろうとして、巻きつくように捻《ねじ》れた布団をそっとめくる。藍染《あいぞ》めの寝巻きの胸元は、水色の紐《ひも》でしっかりと括《くく》られていた。おそるおそる布団の裾《すそ》をめくると、固く縛《しば》り合わされた足が現れた。

これ以上はないほど深い覚悟《かくご》の自殺だと思った。固く作られた結び目は、二度とこの世に戻らぬという強い決意の表れに見えた。

「……どうしてなんだ」

呟《つぶや》いた直樹の後ろで微かな音がした。

振り向くと、襖《ふすま》の脇《わき》で隆《たかし》が呆然とした様子で立っていた。愕然《がくぜん》としたように瞬《まばた》きし、ゆっくりと枕元に寄る。

「死んでる……？」

膝《ひざ》を折って隆は美紀子の顔をのぞきこむ。

「縁起《えんぎ》でもねえこと、言うな」

泣きたかった。この女性はなぜ、こんなにも疲れはてた中年女のような姿で横たわっているのだ。

「……だいじょうぶだ。いま、救急車が来る」

自分の声は他人のもののように響《ひび》いた。

隆は驚愕《きょうがく》から覚めると、冷たい視線を母親に注《そそ》ぐ。

「生きてるのか……」

それは聞きようによっては安堵《あんど》と取れないこともなかった。それでも心に引っかかるものを感じて直樹は隆の顔を見返す。

隆は冷酷《れいこく》なほど無表情に母親の顔を眺《なが》めたまま低い声を漏《も》らした。

「この布団……、もう使えないな」

「隆……」

隆は呼ばれて笑《え》みさえ見せる。おっとりとした、完全無欠の笑顔。

「もう少し場所を考えればいいのに……」

直樹は咄嗟《とっさ》に隆を突き飛ばした。

どうなってしまったのだ。これは断じて隆ではない。いや、人間でさえないかもしれない。

隆は畳に手を突いたまま低いくぐもった笑いを漏らした。心底笑っているようだった。

……これは隆ではない。絶対に隆ではあり得ない。直樹はそう思った。

いったい、なにが隆をこうまで変えたのだ。

そしてふと気づく。三代は……あの老猫《ろうびょう》は、近頃隆に寄りつきもしないではないか。

考えてみればいつだって、三代は隆の手の届かないぎりぎりの場所で、うかがうように隆を見ている。

三代にも分かるのだ。――いや、猫だからこそ感じるのだ。これはもはや隆ではないと。

隆とはまったく違った人間になってしまったのだと。

美紀子は幸い、一命を取り留めた。直樹は病院から母親に電話をした。なにから話していいのか分からず、とりあえず美紀子が倒れたとだけ伝えた。

驚いたことに、由岐絵《ゆきえ》は受話器を取り落とした。その激しい断続的で硬質の音が、由岐絵の衝撃を如実《にょじつ》に伝えている気がした。

由岐絵は第一声、『隆ちゃんは』と訊《き》いてきた。美紀子の容態《ようだい》を訊くよりも、そのほうが先だった。問われて直樹は言葉に詰まる。まさか笑ってる、とは言えない。

「だいじょうぶ。ちょっと逆上してるけど」

由岐絵は電話の向こうで長い沈黙をつくった。

『姉さんは病気で倒れたの？』

怪訝《けげん》そうな声に直樹はひどい違和感を覚えた。なぜ、母親はこんな物言いをするのだろうか。なにか会話のつながりが直樹の予想とことごとく離反している気がする。

直樹は言い淀《よど》んだあげく、事実だけを答えた。たぶん、自殺だと思う、と。

『――確かに自殺なのね？』

由岐絵は念を押した。言葉の端に安堵する響きが感じられた。それは直樹をひどく困惑させる。なにかがおかしい。自分と母親の会話は恐ろしく捻れている。

『容態は？』

由岐絵はやっと訊いた。まだ目を覚まさないが医者はだいじょうぶだと言っていると伝えた。由岐絵は深い溜息《ためいき》を漏らし、すぐにそちらに向かう、と答えてきた。

ひどく釈然としない思いで、直樹は鮮《あざ》やかな緑の受話器を置いた。

直樹が病室に戻ると、眠る美紀子の傍《かたわ》らで典子が俯《うつむ》いていた。隆は窓にもたれ茫洋《ぼうよう》と外の風景を見ている。

「……お母さん、なんて？」

典子に訊かれて直樹は口ごもってしまう。自分の中にわだかまった違和感をどう伝えていいのか、分からない。

「ショックだったみたい？」

「……いや。思ったよりしっかりしてた。すぐに家を出るってさ」

「そう……よかった」

典子は顔を伏せ、美紀子の顔に目をやり、そして窓際の隆を見あげた。軽く溜息を漏らし、再び俯く。

由岐絵が到着するまでの長い長い時間を、直樹たちはそうやって言葉もないまま俯いて過ごした。


由岐絵が病院に到着したのは、午後の陽射しが傾きかけた頃だった。

想像以上に気丈な表情で現れた由岐絵は、眠る美紀子の顔を見つめてやっと泣いた。ひとしきり泣けば、もう立ち働き始める。医者のところへ行って容態を訊き、直樹たちには隆の家に戻っているよう伝え、それからしみじみと隆を見つめた。

「……大変だったわね」

隆は微かに頭を下げる。

「驚かせてごめんなさい。叔母《おば》さんこそ、大変だったでしょう」

「気に病《や》んではだめよ。すぐによくなるとお医者さんも言ってらしたから」

「……はい」

呟いた隆の顔は暗い。直樹は母親の顔を盗み見る。

そのあまりに暗い色に由岐絵がはたして気づいたかどうか。

美紀子が目を覚まさぬまま、直樹たちは病院を引きあげた。

由岐絵が到着したことによって、直樹は猛烈なほどの脱力感を覚えていた。由岐絵にまかせておけば安心だと勝手に肩の荷を降ろしてみて、直樹は自分がおびえていたことを悟《さと》る。人の死に直面したのは初めてだった。自分は本当に怖《こわ》かったのだと直樹は思った。

2

その翌日だった。まだ明けやらぬ早朝、一本の電話が直樹を叩《たた》き起こした。電話の主は由岐絵だった。

「どうしたんだよ」

眠さ半分、不安半分で邪険《じゃけん》に問う直樹に由岐絵は堅い声で告げる。

『……典子と隆ちゃんを起こして病院に来なさい。伯母《おば》さんが亡《な》くなりました』

コツンと小さな石が直樹の胸に落ちこんだ。

「なに……言ってんだよ」

『直樹、隆ちゃんに教えるのには言葉を選んでね。お父さんには私から電話したから』

「……ちょっと待てよ。そんなはずねえだろ。医者がだいじょうぶだって言ってたじゃねえか！」

あり得ないことだ。医者は、医者は確かにすぐに快復すると請《う》け合《あ》ったのに！

電話の向こうで微かな嗚咽《おえつ》の声がした。

「なんでだよ。そんなわけ、ねえだろ！」

『……これは典子たちには言わないで。——自殺なの』

「そんなこた、分かってる」

『いいえ』

由岐絵が電話の向こうですすり泣きを漏らす。

『私が眠っている間に目を覚ましたらしくて……それから、改めて……』

血の気が引いた。

直樹はその後自分がどんな行動を取ったのか覚えていない。たぶん、隆と典子を起こしタクシーを呼び、病院に駆けつけたのだろう。我に返ったときには、白い布をかけられた美紀子の姿を見おろしていた。

「結局死んだのか……」

直樹は隆の漠《ばく》とした声にたまらず震える。

直樹たちが見守る中で、隆は表情のないままベッドに歩み寄ると、無造作《むぞうさ》に白い布を取った。美紀子の死に顔は無惨に歪んでしまっていた。生前のおっとりした美しい顔はどこにもなかった。

隆はその顔を極めて無表情に見おろす。硝子《ガラス》玉のような目が美紀子の胸にとまった。美紀子の胸の上で組まれた手には、白い包帯が巻かれていた。

「……叔母さん、これは?」

由岐絵はひるみ、典子に目をやる。席を外《はず》させたかったのだろう、声を出しかけたが隆はそれを言わせなかった。

「こんなもの、昨日《きのう》はなかったと思うけど」

冷ややかな顔、冷ややかな声だった。由岐絵は言いかねるように視線を逸《そ》らす。それを見て隆は包帯に手をかけた。

「隆ちゃん」

「教えてもらえないんだったら、自分で調べるしかないね」

隆は由岐絵に目もくれず、包帯を解《と》きにかかる。美紀子の指は堅く硬直して組んだまま離れようとしなかったが、隆はそれを頓着《とんちゃく》なく引き剥《は》がしにかかった。

「やめなさい！」

制す由岐絵を咎《とが》めるような目で見返す。

「これは、なに？」

「……私が眠っている間にお母さんは目を覚ましたらしくて……」

「それで？」

「病室を抜け出して洗面所に行ったようなの」

隆は無言で先を促《うなが》す。直樹にはそれが拷問《ごうもん》の一種に見えた。

「洗面所で鏡を割って、破片で手首を切ろうとしました。これはその傷痕です」

「そう……」

呟いた隆の無表情は、一見放心したようにも見える。抑揚《よくよう》を欠いた声も、それに一役をかった。

「それで死んだの」

隆の声に由岐絵は伏せたままの顔を振る。

「じゃあ、なんで？」

由岐絵は、姉から目を離して眠っていた自分を責められているのだと思っているようだった。その涙をこぼす顔を、隆は無慈悲《むじひ》にのぞきこむ。

「僕の、母は、なんで死んだんですか？」

「首と手首を切ろうとして、結局死にきれなかったんでしょう、……タオルを呑《の》みこんで」

「窒息死《ちっそくし》？」

隆が色のない声で訊いた。由岐絵は黙って頷いた。

「そうか……」

由岐絵は呟いた隆の声音《こわね》に、打たれたように顔を覆《おお》った。

「どうして……そこまでして……」

典子が泣きながらあげた声の、その先は途切れてしまって、誰の耳にも届かなかった。おそらくは典子本人にも。

うずくまって泣きだした典子を見ながら、直樹は他人事《ひとごと》のような悲嘆を感じる。

薬を飲むのはいい。それは分かる。自殺の理由はともかくも、三面記事に喰い荒らされた現実にとって、それはありがちな風景でしかない。しかし自殺を未遂で発見されて、入院した病院でなぜ手首を切らなければならないのか。そのうえなぜ、タオルを呑みこんでまで死ななければならないのか。

隆は一粒の涙さえ見せなかった。無表情に母親を見つめていた。時折頬に漣《さざなみ》のようになにかの感情が揺らめき立ったが、それを表に出すことはしなかった。

直樹の父親の弘幸《ひろゆき》が駆けつけ、両親は医師に呼ばれて席を外した。病室に横たわったままの美紀子の側《そば》で、直樹たちは俯いて座っていた。やがて隆は表情を崩《くず》した。椅《い》子《す》に腰かけ俯いて、組んだ指で顎《あご》を支えて低い声で笑った。喉《のど》の奥にわだかまるような声で密《ひそ》かに笑い続けたのだった。

直樹も典子も、言葉をかけることができなかった。ただ、深い驚愕と共に、その俯いた横顔を見つめることだけしか。

3

一同は悄然《しょうぜん》として野草の家に戻り、しばらく脱力したように座りこんだあと、慌《あわ》ただしく通夜と葬儀の準備を始めた。

直樹は両親に命じられるまま立ち働き、そして葬儀にはこんな意味があったのかと思う。驚くほど慌ただしかった。美紀子のことを考える暇《ひま》もないほどだった。直樹は長く葬儀のような風習を冷めた目で見ていたのだが、これは遺族が束《つか》の間《ま》悲しみを忘れるために必要な儀式であったのだ。

隆は家に戻るなり部屋に閉じ籠《こも》って出てこなかった。由岐絵も弘幸もあえてとめようとはしない。そっとしておくのがいいのだと納得《なっとく》しているらしかった。

直樹は密かに胸を撫《な》でおろしている。隆が由岐絵や弘幸の前で笑わないでいてくれたことに安堵して。どうせ両親は、たったひとりの肉親を亡くした衝撃に取り乱しているとでも思ったろうが、分かっていてなお、隆が部屋に引き籠ったことを内心喜ばずにはおれなかった。

「どうしたものかしらね」

由岐絵が茶の間で煎茶《せんちゃ》を淹《い》れながら呟いた。座布団《ざぶとん》や暖簾《のれん》の刺《さ》し子《こ》、これらはもう二度と、新しくなることがない。

「なにを？」

直樹の問いに由岐絵は目を上げる。

「あなたたち。私は初七日《しょなのか》まではいるつもりなの。でも、ふたりは学校があるでしょ」

「どうでもいいよ、どうせしばらくたいした授業ないし」

「そうね」

由岐絵は微かに笑う。

「せめて直樹だけでもいてくれると助かるわ。隆ちゃんをひとりにしておけないでしょ」

直樹は内心、隆がそれを喜ぶかどうかは疑問だ、と思いながらも頷いた。由岐絵とは違った意味で直樹もまた、いまこの状態の隆を残して去ることはできない気がした。

「あたしも残っていいよね」

典子が訊く。その微かに切迫《せっぱく》した声で、直樹は妹が同じことを考えているのを知った。

そこに口を挟《はさ》んだのは直樹の父親だった。

「……隆君をどうする」

「え？」

由岐絵が訊き返すのに弘幸は苦笑を返した。

「ひとりにはできんだろう。身寄りはないことだし、うちで面倒《めんどう》をみるのはいいとしても、肝心《かんじん》の隆君がこの家を動くかね」

「……そうね」

隆の身の振り方を心配しはじめた両親を、直樹は苦《にが》い思いで見つめる。

問題は、そんなことではない。

死んだ母親を前に、ついに一粒の涙さえ見せなかった。低く笑った。隆。

心配をしなければならないのは先のことではなく、むしろ、いまのことなのだ。

典子は両親を見比べていた。

「隆ちゃん、親戚《しんせき》は本当にないの？」

由岐絵は頷く。

「ないのよ。芳高《よしたか》さんもひとりっ子でご両親は高齢でらしたし。うちも親戚がないでしょ」

由岐絵は寂《さび》しげに微笑《わら》った。

由岐絵の両親は早世《そうせい》し、親代わりの大叔父《おおおじ》夫婦も長命でなかった。そう直樹は聞いている。確か兄がいたはずだが、これも若くして死んだと聞いた。由岐絵にとって美紀子は最後の血族だったのだ。

「……肉親の縁の薄い子だわ……」

由岐絵は隆を哀《あわ》れむ目をする。直樹はやっとそこに思い至った。隆は本当に独《ひと》りぼっちになったのだ、と。

直樹はふと立ち上がった。

「俺、隆の様子、見てくる」

「あたしも行く」

典子と直樹に由岐絵はほっとしたように微笑《わら》いかける。

「そうしてあげて」

隆は部屋にいなかった。少し探すと、露地《ろじ》の待合《まちあい》に座っている姿が見つかった。家の東の寄《よ》り付《つ》きから北から西へと回りこむ露地、その外露地と内露地の間には枝折《しお》り戸《ど》がしつらえてある。枝折り戸の脇、腰掛《こしかけ》待合に隆は座って、四つ目垣のむこうの芒《すすき》の藪《やぶ》を見ていた。道に面した桜はちらほらと花弁を落とし始めている。

外露地はまるで山道のよう、野草の中に飛び石が続き、枝折り戸の向こうから畳石《たたみいし》と飛び石が混在しながらまっすぐに延びている。竹と苔《こけ》の内露地、蹲踞《つくばい》までがひどく遠く感じるのは、途中で一度折れた小道がそこから徐々に細くなっているからだ。

隆は近づいてきた直樹たちに気づくと眉《まゆ》をひそめる。その近くの海棠《かいどう》の根元では、三代が窺《うかが》うように身を伏せていた。

「隆……」

声をかけて直樹は自分がまだ悔《く》やみひとつ言ってないのに思い至った。目を上げた隆の煩《わずら》わしげな色には気づかぬふりをして、

「大変だったな……」

至極《しごく》月並みなことを言ってみた。典子も後を継《つ》ぐ。

「気ぃ、落としちゃ駄目《だめ》だよ」

対する隆は一瞬、なにを言われたのか分からない、という顔をした。それからくす

と笑って、

「……なんだ、そのこと」

直樹は目を伏せる。隆は伯母の死を悲しんでいるように見えなかった。そんなことは分かっていた。それでも直樹は、隆が人知れず泣いているのではと、恐ろしく馬鹿《ばか》げた期待をしていたのだ、と落胆から知った。

典子はおそるおそる声をかける。

「隆ちゃん、伯母さんは死んだんだよ……」

「分かってるよ、そんなこと。──それがなにか?」

訊いてから隆は、ああ、と低く笑う。

「……なるほど。僕が泣いているんじゃないかと心配してもらったわけだ。ご期待に添えなくて申し訳ないけど……」

思わず直樹は隆を制した。その後の言葉を聞きたくなかった。聞きたくはなかったが間に合わなかった。

隆は笑って言い捨てた。

「あんな女のために流す涙を、僕は持ち合わせてない」

典子がビクと身体を震わせて、木蓮《もくれん》の木に隠れるように身を寄せた。

隆はさらに笑う。ひとりごちる調子で呟いた。

「……凄《すご》い死に顔だったね。生きてた頃のお綺麗《きれい》な顔からは想像もつかない……」

「隆……」

泣きたかった。なぜそんなことを言う。たとえ反目があったとしてもすでに死んだ、それも自殺という惨《むご》い死に方を選んだ自分の母親に向かって、なぜここまで酷《ひど》い物言いをしなければならないのだ。

「今頃は解剖台《かいぼうだい》の上か……」

隆はさもおかしそうに、くつくつ笑った。

「……お前は、誰なんだ」

直樹は呟いていた。隆が見返す。

「誰？　妙なことを言うね」

おっとりと微笑《ほほえ》んでみせる。

「お前は隆じゃない。げんに」

直樹は、海棠の下で会話を聞いていたふうの老猫に目をやった。

「三代はお前に近づきもしないだろ。あいつには分かるんだよ。分かってるんだ」

隆は首をかしげ、三代に向かって声をかける。

「こんなことを言われてるぞ、三代」

三代はヒクと耳を動かしたが、そこを動こうとはしなかった。隆は立ち上がる。

「なにを拗《す》ねてるんだ、お前も直樹も」

海棠に歩み寄り、身を屈《かが》めた。

「おいで」

隆は三代に向かって手を伸ばす。三代は薄紫の花の陰で身体を丸める。毛を逆立《さかだ》て、低く声を響かせた。

「おいで」

再び言って、隆は三代を抱きあげようとした。瞬間、三代が太い前脚を払った。

「……っっ」

隆が顔をしかめる。三代は背を曲げて隆を睨《にら》んでいる。毛を逆立てて威嚇《いかく》する。隆の手に三条の紅《あか》い疵《きず》が浮かんだ。

直樹が言葉を発する暇《いとま》もなかった。隆の足が動いてつま先が三代のわき腹を蹴《け》りあげた。猫は身を翻すようにして地面に降り立つと、転がるように逃げていく。

「……隆」

直樹の呼び声にも、典子の声にならない悲鳴にも隆は目もくれなかった。三代が消えたほうを怒りもあらわに見やっているばかり。

それきり三代は家に戻ってこなかった。時折庭で繁みの間をかいくぐる姿を見かけたが、それが軒端《のきば》に近づくことはなかった。

4

美紀子の遺体が帰ってきたのは、その翌日の夕刻だった。葬儀屋はあまりに若い喪《も》主《しゅ》に挨拶《あいさつ》をしたあと、家の中を造りものめいた飾りや幕で覆い始めた。

簡素だったが美しかった野草の家はにわかにありふれた世俗の顔をたたえ始める。常には決して家に咲くことのなかった大輪の菊が飾られ、風雅な家は瞬く間に古い田舎屋《いなかや》に堕《お》ちた。

典子も直樹も少なからずそれを苦痛に思っていたので、葬儀屋が弔問客《ちようもんきやく》のために庭の雑草を刈《か》ったほうがいいのでは、と言いだすに及んで小競《こぜ》り合いになった。

家の中に戻ってきた隆は、たいして感慨もなさそうにそれを見ていた。

「隆ちゃん、そろそろ着替えておかないと」

そう由岐絵に声をかけられ、ボンヤリと頷く。

「喪服は持ってる？　お通夜だけど、あなたが喪主だから……」

「多分、ないんじゃないかな」

「だったら、学生服で構わないわ。そろそろ弔問のお客さんも来るし……」

興味なさそうに頷いて立ち上がる。直樹はその後を追いかけた。

隆は部屋で、箪笥《たんす》代わりに使っている押し入れから制服を取りだしたところだった。クリーニングに出された制服はビニール袋をかぶっている。おそらくは美紀子が隆の新学期のために洗濯に出したのだろうと思うと胸が痛んだ。まさかその制服を、袖《そで》を通す間もないまま美紀子自身の葬儀のために着ることになろうとは。

隆は部屋に入ってきた直樹を見咎める。

「……今度はなにかな？」

いかにもうっとうしそうな声で尋《たず》ねてきた。

「べつに、たいしたことじゃねぇけどさ。いいか、隆。客の前で笑うんじゃねぇぞ」

なんでこんな馬鹿馬鹿しいことを忠告しなければならない。たいしたことじゃない？　もちろん、たいしたことなのだ。息子が母親との別れに笑うなんて。

「それは誰のために言ってるわけ？」

隆は微笑《わら》う。

「叔母さんや叔父さんが心配しないようにって配慮かな？　優しいね」

「お前のためにも言ってるんだ。病院に入れられたくないだろーが」

「……考慮しとく」

皮肉っぽく言って、隆は袖口の釦《ボタン》を外す。ひどく間延《まの》びした手つきだった。その目は熱に浮かされたように虚《うつ》ろに見えた。しかし、それよりもなお。

直樹の目を奪ったのは隆の左手だった。右手で釦を外した、その袖口からのぞいた左の手首。そこに紅いものが見えた。まるで指のような形の、鮮明な色の痣《あざ》だった。あんなものが隆の身体にあったろうか。隆に会うのは春と夏。毎年夏には会ったのだ。あんなものがあれば気がついたはず。

「隆、手、どうした？」

直樹の声に隆はいぶかしげに振り返る。

「左手。痣ができてる」

隆は言われてぼんやりと左手を上げた。軽く袖をたくし上げて、自分の左手首を見る。丸い指の腹の痕のような紅い痣が五つ、ちょうど腕を握った形についていた。

隆はふと懐《なつ》かしむ表情をした。以前のままの静かで暖かな顔だった。

「……昔からあったよ」

「なに言ってんだ、そんなもん去年までなかったじゃねえか」

「あった」

隆は直樹を見返す。咎める疎《うと》む、冷たい視線。

「気がつかなかっただけじゃない？　これは、僕が小さい頃からあった」

「ばっくれてんじゃねぇよ」

隆は笑う。皮肉な形の口元だった。

「いやに絡《から》むね。……いったい、どうしたんだ？　なにが気に入らないのかな？」

「全部が」

直樹は隆を睨む。全部が。美紀子の死が。隆の豹変《ひょうへん》した態度が。家を覆った定めようのない違和感が、その全部が。仙境であるべきこの家を変えたものの全てが。

「じゃあ、なんだってここにいるわけ？　帰るんじゃなかったのかな？　べつに誰も引き留めてないけど？」

「……帰れるわけがないだろう。伯母さんの葬式も済んでないのに」

「そんなこと」

隆は笑った。目に嘲《あざけ》る色を浮かべて。

「お気遣いなく。いくら供養《くよう》をしたって、あの女は仏なんかにはなれない」

「隆っ！」

頭に血が上って、とっさに直樹は隆の胸倉を摑《つか》んでいた。

「なんだってそんな口をきくんだ。手前《てめえ》の母親だろうが」

「……母親？　誰が？」

隆は笑っていた。表情も声も、気配の全部で嘲笑《ちょうしょう》している。

「お前なぁっ！」

襟元《えりもと》を摑んだまま揺すろうとした直樹に容赦《ようしゃ》のない平手が飛んできた。激しい音が天井《てんじょう》に鳴り、直樹の身体が大きく傾《かし》ぐ。

ふらつく身体を踏み支えて、直樹は隆を睨みつけた。冷淡な笑いを浮かべたままの隆を。

隆は低い声を紡《つむ》ぎ出す。

「……汚《きたな》い手で触《さわ》るな」

「……汚い、だと」

「汚いんだ、お前たちは全部」

完全に直樹を見下した目。

「葬式なんて必要ないんだ。どうせあの女は死んだと同時に地獄に堕ちたに決まってる。あの女がいない以上、ここは僕の家なんだ。それを勝手に我がもの顔で……」

直樹は目を見開く。言いたいことは山ほどあるが、声を出すことさえできなかった。

「邪魔《じゃま》なんだよ。……さっさと帰ってもらいたいと切実に思ってる」

言うだけ言って、

「着替えたいんだけど、出てもらえないかな？」

問いかけの形をしてはいたが、明らかに命令だった。

直樹は踵《きびす》を返す。部屋を出たところで音高く襖を閉められた。振り返り、ぴったりと閉ざされた襖を眺める。呆然と襖の色を見つめながら、直樹は初めて怖いと思っていた。

とても気が合った、同い年の従兄弟《いとこ》。おっとりと優しくて、時にまるで異境の住人のように見えた。この変貌《へんぼう》は怖い。腹立たしいとか憤《いきどお》ろしいとか、そんな感情を突き抜けて、いまはただ怖い。

これは異常を通り越している。恐怖すべき事態なのだと初めて思った。

5

陽《ひ》が落ちようかという頃から、通夜に弔問客がやってきた。近隣の女たちが手伝いにやってきて、横たえられた美紀子の枕元はかつてないほど賑《にぎ》やかだ。人手はあるので、典子にも直樹にもすることがない。隆が美紀子の枕元に控《ひか》えている間にはなんとなく側にいなければならない気がしたが、弔問客が途絶《とだ》えて隆が部屋に戻ると、直樹もまた典子と一緒に部屋に戻った。

深夜、家の中は人声が絶えている。夜っぴいて話をするような親族がいないからだった。美紀子の側には、由岐絵が夜具を持ちこんでついている。

直樹は窓の下にうずくまり、典子は反対側の壁にもたれて膝を抱いている。やがて典子がコトリと額《ひたい》を膝の間に落とした。

「……伯母さんはなんで死んだんだろうね」

言いたくて言えないまま一日を過ごした台詞《せりふ》を、典子がついに言った。

「……うん。なんでなんだろうな」

「隆ちゃんは、なんであんな態度を急にとりはじめたわけ？」

「俺に訊くなよ」

「納得いかない」

「だから、俺に言うなって。言うなら隆に言えよ。ただし気をつけたほうがいいぜ、隆は狂暴になってるからよ」

「あたし、真面目《まじめ》に言ってるのに」

「俺だって真面目に答えてる」

「あのね、いい？」

典子は叱《しか》りつける口調《くちょう》だった。

「あたしたちがここに来たとき、隆ちゃんがあんな顔した？　三代が隆ちゃんを避《さ》けた？　その翌日だって、隆ちゃんは伯母さんが暗い顔するって、心配してたじゃない。その次の日だってそうだよ。蕗《ふき》を摘《つ》みにいった日。あの日だって、隆ちゃんは全然変わってなかったじゃない。あの翌日からなんだよ、隆ちゃんが変になったの。だったらそのへんになにか原因があるに決まってるじゃない！」

　直樹は目を見開く。

「そのとおりだ……」

「でしょ？　あの日、なにかあった？　伯母さんと喧嘩《けんか》するようなこと」

「分からん……。けど、寝にいくまで、隆はいつもどおりに見えたぜ」

「翌朝は？」

「隆は朝飯に起きてこなかったんだ。それで俺が呼びにいった。あんまし珍しいんで具合でも悪いんじゃないかと思ってみんなで心配して……それで隆が怒ったんだ」

「だいたい、心配しすぎるなんていって隆ちゃんが怒るはずないよ。あたし、隆ちゃんが怒るの、見たことなかったもん。なにか原因があるとしたら、前の日の夜にあるんだ。部屋に寝にいってから、朝までの間に」

　……夜。それは直樹の心を揺する。ひっかかりを覚える言葉だった。典子は勝手に言葉をつなぐ。

「それに、あの日伯母さんの様子って変だったと思わない？　隆ちゃんが伯母さんに怒ったわけだけど、だからって普通あんな顔する？　あたし、伯母さんが倒れるかと思ったよ」

「……ああ。そうだ。そうだったな」

「ショックだったのは分かるけどね、それにしたってあれは行き過ぎだよ。あたし、あれは絶対伯母さんが死んだ理由に関係あると思う」

言って、典子は唐突に美紀子の死を思い出したかのように涙をこぼし始めた。

「……変だよ。なんで伯母さんはあそこまでムキになって死ななきゃいけなかったわけ？　なにもあんな……あんな方法でなくっても……」

語尾は嗚咽に消された。直樹は典子の子供のように丸められた身体を見ながら、もうひとつの疑問に思い至っていた。

そもそも——美紀子は鬱《ふさ》いでいたのだ。隣家の老人にもそれと分かるほど。その原因はなんだろう？　まるで息子が大人《おとな》になることを考えたくないかのようなあの振舞いは？　隆は言っていなかったか。美紀子はまるで隆が歳をとることを嫌《いや》がっているようだ、と。

それを言えば、と直樹は視線をあげて天井を睨んだ。

母親は——由岐絵はどうしたというのだろう。直樹の誕生日に話題が触れたとき、いつになく不安な顔をした理由は。美紀子が倒れたと電話をしたときに妙にかみ合わなかったあの会話はなんだったのだ。

典子の嗚咽を聞きながら、直樹はあのときの会話を反芻《はんすう》する。何度思い返してみても、やはりどこかが歪んでいるという気がしてならなかった。

6

由岐絵はそっと火をつけた線香を振った。小さな炎《ほのお》が消えると、薄煙《うすけむり》がたなびき、眠った美紀子の枕元へと流れていった。

明かりを点《つ》けたままの座敷は、がらんとしている。それでなくても広い二間の、襖を取り払ってあったので、本当に空間が大きかった。

そこにぽつんと延べられた夜具と、こそとも動かないひと。

灰の中にもぐりこみそうなほど短くなった線香を抜いて、代わりに新しく火をつけた線香を立てる。

家の中には音がない。空路駆けつけた夫も、疲れはてて眠っている。直樹も典子も隆も——ひょっとしたら起きてはいるのかもしれなかったが、こそとも気配がなかった。

「まるで、わたしたちだけ、取り残されたみたいね……」

由岐絵は美紀子に話しかけたが、もとより返答のあるはずもない。

葬儀なら何度か経験した。通夜の夜などというものは、駆けつけた親戚が夜通し話しこんで、意外に賑やかだったりするものだ。九年前、芳高が死んだときにも寂しい通夜だったが、今度はいっそう寂しい。

がらんとした座敷を見渡すと、寄る辺《よるべ》のなさが身にしみた。駆けつけてくる親族もないほど、ふたりきりの血縁だった。郷里にならろくに会ったこともない親戚がいないではないが、知らせる気にはなれなかったし、知らせたところで、通夜に飛んでくることもないだろう。

「とうとう、ひとりになっちゃったわ……」

両親を亡くして、兄を亡くして。――姉も逝《い》った。

「どうして……？」

理由は誰にも分からなかった。遺書もなく、近隣の者や隆に訊いても、近頃鬱ぎこむことが多かった、と言うばかり。

それほど思いつめることがあるなら、どうして相談してくれなかったのだろう。

そう思いながら、そう美紀子に言ったところで、美紀子が打ち明けてくれるはずもなかったことを由岐絵は知っている。

由岐絵と美紀子の間には、ただふたり残された姉妹、という言葉から想像されるような親密さがなかった。決して姉を嫌っていたわけでも疎んじていたわけでもない。だから自分が滅多に会いにはこないかわりに、子供たちを年に二度送り出してきた。

――だが、由岐絵と美紀子の間には、話せないことがあまりに多かったのだ。

――お姉ちゃん。

煙に包まれた家から、美紀子が出てきたのを見つけたとき、どんなに嬉《うれ》しかっただろう。煤《すす》で汚れた顔は放心したよう、美紀子は胸にアルバムの入った文箱《ふばこ》をひとつ、抱いていた。

――お兄ちゃんがいない。

――お父さんもお母さんもいないよ……！

由岐絵は言ったが、美紀子はなにも言わなかった。その文箱は父母の部屋にあったはずだ。ならば消息を知っているはずなのに、美紀子は口を開かなかった。それで由岐絵も口をつぐんだ。

その夜は、家族の死を知りたくなくてそれ以上は訊かなかった。その後、美紀子がなにを見たのか知りたくなくて、訊かなかった。

「……とうとう訊かないままだったわね……」

だから由岐絵は知らない。訊いて言わせるのもすまない気がしたけれど、同時に全てを美紀子だけに負わせている気がしてならなかった。訊いて分け合ったほうがいいのでは、と思えたが、とうとう怖くて訊けなかった。

そして言えないことがあった。夏の夜の夢うつつ、口に出したら本当になりそうで、とうとう今日まで一度も口に出さなかったこと。夢のままにしておきたい。知りたくない。

いまも訊きたいことがある。美紀子が返事をするのが怖くて、由岐絵には遺骸《いがい》にさえ問いかけることができない。

――あれのせい？

心の中で問うて、美紀子から目を逸らした。どんな形にせよ、幻《まぼろし》にせよ、肯定されることが怖い。

（産みなさい。わたしも産むわ）

ひょっとしたら、この覚悟《かくご》があったから、美紀子はあんなにも毅然《きぜん》と答えることができたのだろうか。

……最後のひとり。

次女でもやはり最後のひとりになるだろうか。

――直樹は十七になった。

由岐絵は畳に突っ伏す。

――ああ、この一年がこうしている間に過ぎてしまいますように。

7

翌日、四月五日。美紀子の本葬の日はよく晴れていた。

その命を咲ききった桜が、申し合わせたように散り始めた。十に近い古木の花が一斉に散っていく様子は、儚《はかな》いというよりむしろ、凄《すさ》まじい印象を与えた。来客の、黒い衣装に桜は積もるほどに降って、門から玄関に至る前庭を真っ白に染めあげた。

喪主の席に座った学生服の隆は、無表情のままだった。弔問客の悔《く》やみには丁寧《ていねい》に応答を返していたが、その口調はどこか投げやりで機械的に過ぎる気がした。隆を知る誰もが、よほどショックだったんだろうと囁《ささや》き合い、痛ましそうに見ていたが、直樹も典子もあの無表情の下にある本当の表情を知っている。

直樹は受付に座っていた。本来なら故人の親族はなにをする必要もないのだが、葬儀の場所にいたくなかった。隆を見ていたくなかった。あの無表情を、いつ笑いだすかと恐れていたくなかったのだ。

弔問客のほとんどは、美紀子の弟子たちだった。故・久賀《くが》芳高の知り合いだという人物も少しいた。記帳を頼みながら直樹は不思議に思う。葬儀はじきに始まるが、まだ美紀子の――由岐絵の親族はひとりも来ない。親族はないと聞いていたが、本当に縁者を持たないのだとしみじみ思った。

直樹は母親方の親族に会ったことがない。伯母がいたのでそれを疑問には思わなかったが、思い返してみると由岐絵の周りには驚くほど肉親の影がなかった。

見えなかったのは姿だけではない。由岐絵もそして、美紀子も自分たちの親族についてはほとんどしゃべりたがらなかったのだと、いまになって思う。

美紀子はともかく、由岐絵はかなり饒舌《じょうぜつ》なほうだが、その彼女が両親や兄弟のことを訊かれたとたん、それとなく押し黙ってしまうのを直樹はいまさらになって気づいた。あまりに最初から当然のようにそうだったので、不審に思う間もなくきた伯母や母の振る舞い。

なぜだろう――と考えていたとき、目の前に喪服の女性が立った。

由岐絵たちよりいくらか若い、瘠《や》せぎすの女だった。直樹はふと、どこかで会ったと思う。美紀子の弟子だったろうか……それとも。

思い出す間もなく、女は香典《こうでん》の包みを出した。動かした袂《たもと》から留まった桜の花びらがこぼれ落ちた。直樹は頭を下げてそれを受け取り、記帳を勧める。女は筆を執《と》り、名前を記《しる》すと家の中に消えていった。

その背を見送り――直樹は視線を戻す。なんとなく名前を確認したく思って。

しかし、ない。

女の前に来たのは、茶道《さどう》教室に菓子を納めていた和菓子屋だった。店の主人は野太《のぶと》い字で屋号と名前を書いていった。直樹はそれを覚えている。

その名の次に記された文字はなかった。あわててたったいま香典を突っこんだ袋を見る。何げなく落としこんだので定かではないが、あの女が差し出したとおぼしきものは見あたらなかった。

狐《きつね》につままれたような気分だった。

「確かにいた、よな」

口の中で呟き確認する。しかし、直樹はどうしても女の顔を思い出すことができなかった。確かに顔を見たのは覚えているのに。ひどく印象に残る顔だったのに。

首をかしげる直樹を父親が呼びに来た。

美紀子の葬儀が始まるのだ。

読経《どきよう》の中、弔問客は焼香《しようこう》をしていく。直樹はそれとなく気をつけたが、その中にさっき見た女の顔は見つからなかった。

隆は棺《ひつぎ》の側に端然《たんぜん》と座り、終始無表情で過ごした。葬儀が済み、美紀子の身体を煙に還《かえ》し、白い四角い箱を抱《かか》えて家に戻るまで、その無表情が崩れることはついになかった。

※※※※

――雨が降っていた。

薄暗がりに軒を打つ雨音が響く。

男もまたずっしりと濡《ぬ》れていた。

――おかあさん。

子供に向かって女が走る。

――やめてください。

――やめてください、お願いします。

男の足が女の膝を蹴り、下腹を蹴る。女の悲鳴が走った。

――この子はわたしの子供です。

女は全霊を託して子供の腕に爪《つめ》を立てた。

子供が母親を呼ぶ。母親が子供を呼ぶ。

——この子はわたしのたったひとつのものです。
力と力の拮抗《きっこう》で子供の手首を裂《さ》いた血が流れて伝った。
——母親とはその程度のものか。
——なにを。
——わが子の命よりわが身の執着《しゅうちゃく》のほうが愛《いと》しいか。
雨は降る。
——おかあさん。

第五章

1

誰もが泥《どろ》のような眠りに沈んだ翌朝、直樹《なおき》の父親は仕事のために帰っていった。

弘幸《ひろゆき》は荷物を持ってくれと直樹に言って先に立って歩いた。玄関を出ると桜は見事なまでに散っていた。前庭が白い。父親の喪服《もふく》が入ったごく軽い鞄《かばん》を提《さ》げて歩きながら、雪のようだと直樹は思った。

空は花曇《はなぐも》り、深い紅に小さな葉を出した桜の枝に映《は》えて、別の種類の花が咲いたようだ。真っ白になった飛び石を踏むと、弱い花弁は靴の形に透《す》けて、薄鈍色《うすにびいろ》の足跡を残した。

石段の下に待ったタクシーに乗りこみながら、父親が直樹を見る。

「また初七日《しょなのか》には来る。……隆《たかし》君には気をつけてやりなさい」

直樹は頷《うなず》く。

「典子《のりこ》も……ひどく落ちこんでいるようだから、相手をしてやってくれな。お前にばかり負わせて悪いが」

「だいじょうぶ」

弘幸はひとつ頷いて車に乗りこんだ。家の前の道も白く、去っていく車は空虚《くうきょ》なほどに黒い轍《わだち》の跡を残した。

家に入って様子を窺《うかが》ってみる。茶の間では由岐絵《ゆきえ》と典子がなにやら話しこんでいるようだった。そこに行こうか、それとも隆の様子を見にいこうか、直樹は少し迷って結局第三の道を選んだ。

つまり、自分の部屋に戻ることにしたのだ。ひとりになって考えたいことが山ほどあった。感情の整理をつけなければならないことが混乱するほどあったのだ。

ひっそりとした廊下を東に歩く。途中、隆の部屋の前を通った。直樹は少し足をとめ、やはり声をかけてみるべきか悩む。しかし、いまさら自分が声をかけたところでなにができるというのだろう。全く人を容《い》れないあの隆に対して。

歩きかけて、直樹はふと立ちどまる。隆の部屋から女の声がした。

……誰が？　由岐絵も典子も茶の間にいた。他に女がいるはずもない。

直樹はいぶかしみ、襖《ふすま》を軽く叩《たた》いてみる。中から返答はなかった。

聞き取れないほど低い女の声。そうして隆の応答する声と。

「──隆」

声をかけてみる。ぴたりと話し声がやんだ。

『……直樹？』

襖越しの答え。くぐもった響《ひび》き。

「誰かいるのか？　ちょっと、いいか」

『困る』

直樹は襖に手を伸ばしかけて動きをとめる。隆の声があまりに冷たかったので。

「隆、誰がいるんだ」

『誰もいない』

「嘘《うそ》をつくな、声が聞こえてんだよ」

『じゃあ、確かめてみれば』

微《かす》かに揶揄《やゆ》するように笑いを含んだ声。直樹は襖の引き手に指をかけた。──かけたつもりだった。

そこに引き手の感触はなかった。驚いて手元を見る。

薄い翠青《みどりあお》の紙に銀で青海波《せいがいは》。引き手は舟形。目で確認しながら引き手に指をかける。

やはりそこに引き手の感触はなかった。

まるで壁に襖の絵が描かれているかのようだった。確かにあるのに、なんの手触《てざわ》りもない。漆喰《しっくい》の壁に触れたような、湿《しめ》った冷たい感触があるだけだ。

「……隆、開けろ」

『自分でやってほしいな、それくらい』

隆が笑う。その声に隠れるように微かな女の笑い声がした。

「隆！」

どうしたんだ、なにが起こっている。これはいったい、どういうことなんだ。

部屋からはただ、くぐもった笑いだけが聞こえる。

『猫の爪《つめ》を切るとね、襖を開けられなくなるんだ。爪がかからなくなって、なのにそれが分からないもんだから、いつまでもカリカリやってる』

それは直樹に向けた声ではなかった。部屋の中にいる誰かに向けて発せられた声。

答えるように女の声が笑った。

空耳《そらみみ》じゃない。確かに誰かが中にいる。確かめたいが中に入ることができない。襖がない。いま目の前に見えるのに。

直樹は、壁の感触をさせる秘色《ひそく》の襖に耳をつけた。隆のひそかな話し声が聞こえる。

『……そうそう。お骨の話だったっけ。骨をね、あげるときに砕《くだ》くんだよ。骨壺《こつつぼ》に入らないから。白いんだね、あんな女の骨でも』

……あんな女。母親のことを。

『僕が頭骨を砕いたんだ。意外に脆《もろ》いな、骨ってさ。粉々になってね、霰《あられ》かなにかみたいだった』

忍び笑いの声。たった一枚の襖に隔《へだ》てられて。

声が途切れる。なにかに気を取られている気配がする。やがて、さらに低い隆の声。

『……見事に散ったね』

それはなにをさしての言葉だったのか。

直樹は再び襖を叩いた。目眩《めまい》がするほど逆上していた。

理解を越えたものが目の前に立ちふさがって直樹を容れない。手触りのない襖は隆そのもののように思えた。

「隆！　ここを開けろっ！」

ひそと話し声がやんで、あとはなんの物音もしない。人の気配まで消えた気がした。

「隆っ！」

肩を襖にあて、体当たりしてみる。壁を打ったような痛みだけが残った。

……こんなことはありえない。

直樹は襖を凝視《ぎょうし》する。確かにある。黒い縁《ふち》、秘色の紙。

指で触れる。やはりそこに、あるべき襖の感触はなかった。

ほと、と音がした。自分が廊下に座りこんだ音だった。身体を伸ばすようにして反対側の壁に背をもたせかけ、直樹は呆然《ぼうぜん》として閉じた襖を見つめた。

典子がそこを通りがかったのは、それからずいぶんしてからだった。廊下をふさぐように足を投げ出して座りこんだ直樹を目にして驚いたようだった。

「なにしてんの⁉」

直樹は呆然と襖に目をやったまま答える。

「……海を見てる」

典子はひらひらと直樹の目の前で手を振った。

「お兄ちゃん、だいじょうぶ？」

「……ああ」

典子は直樹の顔とその視野の先を見比べ、早朝の海を描いたような襖を見つけてから納得《なっとく》したように頷いた。

「……また、隆ちゃんと喧嘩《けんか》？」

「そんなんじゃ……ない」

我ながら力のない声だと思った。心はまだ、ありえない事態に直面した衝撃で気を失っている。

「隆ちゃんは？　中？」

直樹は頷く。中にいる。誰とも知れない女と。そして襖は開かない。どんなからくりでか消えてしまった。

典子は小さく声をかけて襖を開けようとした。直樹がとめる間もなく引き手に指をかけ、開く。直樹はガバと壁から背を離した。

典子は怪訝《けげん》そうに振り返る。

「いないよ」

直樹はあわてて部屋をのぞきこんだ。

部屋には人のいた気配はなかった。開け放した障子《しょうじ》の向こう、縁側からは明るい光が射しこんでいる。その光で縁側の窓が、しっかりと内側から施錠《せじょう》されているのが見てとれた。

直樹はわけもなく笑ってしまう。

――そうか、いないのか。

妙にそれは意味不明の感慨を与えた。

「お兄ちゃんだいじょうぶ？」

典子は本当に心配そうだった。直樹は頷いて立ち上がる。典子の頭を撫《な》でてやった。

「だいじょうぶだ。――もう、だいじょうぶ」

キョトンとした妹に笑いかけてやる。典子を残して廊下を奥へ歩き始めた。

もう、だいじょうぶだ。分かってしまった。

隆が豹変《ひょうへん》したわけ、伯母《おば》が死んだわけ、野草の家を変えたもの。

（――夜に……）

蕗《ふき》を摘《つ》んだ沢で言い淀《よど》んだ隆の顔。

（気配がするんだ、人の気配）

そしてその翌日には別のものにすり替わっていた、隆。

もちろん、なにかがあの夜に起こったのだ。人の常識なんてものを踏みにじるような、なにかが。それはこの家を狂わせ、隆を変えた。これは反抗期でも気分の変化でもない。そんな理解のたやすい事態ではない。なにか超常的なものがこの家を覆《おお》い、隆の魂《たましい》を搦《から》め取った。それが全ての原因だったのだ。

伯母の死も隆の豹変も、理由なしに起こったことのはずがない。そこにはもちろん確かな理由があるのだ。常識とか良識とか、そんな名前の先入観にとらわれなければ絶対に見えてくるはずの理由が。

典子がパタパタと追いかけてきた。

「お兄ちゃん、どうしたのってば！」

直樹に追いつき不安そうに腕を摑《つか》む。

「どこ行くの」

典子は不安に思っているのだろう。兄までが隆のように変貌《へんぼう》するのではないかと。それが分かるから直樹はことさら笑ってみせる。

「伯母さんの部屋」

「伯母さんのぉ？」

「原因を探す。伯母さんが死を選んだ理由を」

典子はパチクリと目を見開き、それから深く頷いた。

2

直樹は典子を伴《ともな》って、猛然と美紀子《みきこ》の部屋をかき回した。

なにか手がかりになるものはないのか。伯母の突然の自殺にはなにか理由があったはずだ。それと隆の変化とは、どんなに遠くても必ず関係しているはずなのだ。

もうこれ以上、黙《だま》っていることはできない。隆のあの状態は、蕗を摘みに行ったその夜に原因があるはず。だとしたらこれは直樹の責任だ。隆が「人の気配がする」と訴えたあの時に、もう少し真面目《まじめ》に相手をしてやればこの事態はなかったのかもしれない。

美紀子の部屋は涙が出るほど綺麗《きれい》に整理されていた。手紙もメモも書き損じも、なにひとつ残ってはいなかった。美紀子の心情を残すものはなにひとつ。深い覚悟《かくご》があったことだけが分かる。美紀子は身辺の整理を呆《あき》れるほど見事にやってのけていた。

「お兄ちゃん、これ」

典子が示す。付書院《つけしょいん》の下にある地袋《じぶくろ》の中に文箱《ふばこ》があった。紋《もん》の入った黒塗りのものがひとつ。螺鈿《らでん》のものがひとつ、そして鎌倉彫《かまくらぼり》ふうのものがひとつ。

「これ……どこの家紋だろ」

典子が蓋《ふた》の紋を指で撫でた。

「意味なんてねえだろ、五三《ごさん》の桐《きり》だし」

三枚の葉が広がったところに三本の茎《くき》。茎についた花は中央に五つ、左右にそれぞれ三つ。有名な「五三の桐」。あまりにありふれた紋だ。貸し衣装の礼服だって、たいがいは五三の桐になっている。

「ちがうよ」

典子が紋を示す。

「葉っぱがとがってるし、花が円《まる》いでしょ？　これ、桐じゃなくて茄子《なす》だよ。『茄子桐』。隆ちゃんちは『円に並び矢筈《やはず》』だし……」

「よく知ってんな、そんなこと」

「前に伯母さんの留《と》め袖《そで》を見せてもらったもん。初めて見た紋だから覚えてるの。これ、どこの紋なのかなぁ……」

「菅田《すがた》じゃないのか」

伯母のそして、母親の実家。――菅田家。

直樹が言うと典子が指を弾《はじ》いた。

「可能性、高い」

文箱は縁の漆《うるし》が欠け、塗りの表面にも無数の傷が入っている。おそらくは古いものなのだろう。

「きっと伯母さんがお嫁《よめ》にくるとき持ってきたんだね」

蓋を開けてみると、中には通帳や登記簿、書類の類《たぐい》が入っていた。それから、隆の母子手帳、臍《へそ》の緒《お》。

「伯母さん……こんなの、取ってあったんだ」

「うん。……こっちは写真だ」

直樹は牡丹《ぼたん》の彫りが入った赤い文箱を典子に示した。古い色の写真の束《たば》。直樹はふと、一番上にあった一枚を取りあげた。

「これ……誰の写真だと思う？」

たぶんスタジオで撮《と》った写真だ。ちょうど直樹くらいの年齢の男と、それより小さな少女がふたり写っている。男は自分の顔にとてもよく似ている気がした。

（……みたい）

「これ、おかあさんじゃない？」

典子は中学生くらいの少女を指さす。艶《あで》やかな着物を着ている。

「……みたいだな」

「きっとお母さんの十三詣《まい》りのときの写真だよ。とすると、これが美紀子伯母さんだ」

典子が指さしたワンピースの少女は、ほっそりとした頰《ほお》に笑みを刻《きざ》んでいる。確かに美紀子に間違《まちが》いない。由岐絵が十三なら、美紀子はこのとき十六のはずだ。

「で、これが宗和《むねかず》伯父《おじ》さんなんだわ。へぇ、お兄ちゃんと似てる」

「……ああ」

（昔、ちょっとだけ知ってたひと）

写真をふたりして繰《く》っていると、典子が声をあげた。

「ほら、やっぱり菅田の紋だよ、これ」

典子は大振りの写真を突きつける。

写真では小さな男の子が紋付き袴《はかま》を着て笑っていた。

「これ、伯父さんじゃない？　伯父さんの七五三の写真。つまり、五歳ってわけね。

ほら、この紋」

子供が着ている紋付き。千歳飴《ちとせあめ》を持ったその子の胸と外袖《そとそで》に五三の桐に似た茄子桐紋。

「菅田の家ってお金持ちだったんだねぇ」

典子がしみじみと言った。

「なんで」

「だってそうでしょ。男の子の晴れ着なんて、五歳の時っきゃ着ないのよ？　それに定紋入れてさ。柄《がら》だってほら、茄子桐をあしらってあるじゃない。わざわざ誂《あつら》えたわけでしょ？　ふつうそんなことできないよぉ。それに」

典子は幾枚かの写真を示す。

「これ、雛《ひな》祭り。見てよ、このお雛さま。雛壇を置いてあるのは座敷だよね。この座敷の床柱《とこばしら》だって欄間《らんま》だって、すごいじゃない？　ここ、よっぽど大きな家だったんだよ」

「ふうん……」

直樹も典子も菅田の家に行ったことはない。それどころか、母親は家はもう残ってないと言っていた。

「この家、焼けちゃったんだよね」

「そうなのか？」

「うん、お母さん、言ってた。お母さんが十三のとき焼けちゃったんだって。だから小さい頃のもの、なんにも残ってないって」

「十三……」

「きっと、あの写真を撮った後なんだね。お母さん、あたしの十三詣りのとき、自分の着物を着せたかったたってボヤいてたもん」

「ふうん……」

——焼け跡に手を合わせて。

直樹は首を振る。自分はなにを考えているのだろう？

なにか、脳裏《のうり》の奥で蠢《うごめ》くものがある。いまにも形をなして、浮かびあがってきそうな、なにか。

螺鈿の文箱を開けた典子が、中からノートを取り出した。

「……これ、なんだろ」

直樹は古色のついた薄いノートをのぞきこむ。それは、ごく最初の十数ページだけが使われていて、後には空白が続いていた。細い女文字が、ブルーのインクで几帳面《きちょうめん》に書きつけられている。

並んだ人の名前、その生年。さらに没年。

「これ、菅田家の過去帳みたいなもんじゃないのかな」

「過去帳って？」

「先祖の記録」

最初のページに記《しる》された、『初』という文字。その下に名前。『菅田豊仲《とよなか》』。そのさらに下には生年と没年。一行をおいて、『長男　辰豊《たつとよ》』の文字。

最初のページに記されたのはそれだけだった。直樹は名前と生没年の羅列《られつ》をざっと見るふりでページを繰っていく。最後のページには『十五』の数字の後に四人の名前があった。

菅田美紀子　　昭和三十一年十月五日生

長男　隆　　昭和五十三年四月八日生

菅田由岐絵　　昭和三十四年六月三日生

長男　直樹

昭和五十三年三月二十六日生

「どういうこと？」

「さあ……」

螺鈿の文箱にはこのノートの他に、ぼろぼろになった和綴《わと》じの本が一冊入っているきりだった。

本は完全に変色し、あちこち破れて染《し》みだらけだったが、中に書きつけられた文字はまだ判別することができた。それはしかし、完全な草書体で直樹にも典子にも読みとれない。かろうじて理解できる漢字を拾ってみると、どうやら過去帳の原本らしく思われた。

「こっちの本から抜き書きしたのがこのノートみたいだね」

なぜこんなものが。つくづくと見比べてみると、原本のほうは十二代を最後に記述が終わっていた。しかも、その十二代目も本の見返しに書かれた格好で、墨《すみ》の色も筆跡も違っている。おそらくは後《のち》に書き加えられたものなのだろう。

「ノートのほうは、伯母さんが書き写したのかな」

「だろうな」

直樹と隆が生まれた年には、すでに母親姉妹の親族はお互いきりだったはずだ。これを書いた者が菅田家の一員なら、それは美紀子か由岐絵でしかありえない。そして、由岐絵ではない。直樹の母親はこれほど達筆じゃない。

直樹は本とノートを箱に戻すと、三つの文箱を抱え上げた。伯母の部屋に残ったものので多少なりとも伯母の心情や人生を窺わせるものは、これだけだったからだ。

立ちあがった直樹を典子が物問いたげに見あげる。

「ちょっとこれ、よく調べてみる。典子は母さんについててやれよ。見かけ以上に落ちこんでるに決まってんだからさ」

頷く典子を残し、三つの文箱を抱えて直樹は自分の部屋に戻った。

3

直樹は部屋に戻って腹這《はらば》いに寝転がると、写真を順に繰っていった。

写真の数はそんなに多くなかった。この家にはカメラといえば、いつのものだか知れないライカしかなかったし、それもほとんど箱の中から出されることはなかったと思う。こんなものがあるんだよ、と言って隆がそれを一度だけ蔵から出して見せてくれたのは、いつのことだったろうか。

そういえば、直樹にしても美紀子と写真を撮った覚えはない。伯母は写真が嫌いだったのだろうか、とふと思う。そもそも、アルバムに整理するほどの写真を持たないなんて。思いながら写真を繰る。

直樹から見て親近感を覚える写真は数枚しかなかった。おそらくは隆なのだろう、お宮詣りの晴れ着を着た赤ん坊の写真、七五三のもの、小学校に入学したときのもの。隆のものでさえその三枚しかないという事実は、少なからず直樹を驚かせた。美紀子はどちらかといえばことあるごとに息子の写真を撮り、丁寧《ていねい》に残しておくタイプだと思っていたからだ。

その他に直樹が理解できる写真がいくらか。美紀子の結婚式の写真、由岐絵の結婚式の写真、そして直樹のごく小さな頃の写真が三枚。

あとは、美紀子が娘の頃に撮った写真ばかりだった。宗和伯父のものもいくらかある。どれもみんな直樹と大差ないほど若い頃の写真ばかりだったが、その顔は確かに自分に似ていると思った。

写真を繰っていると、いままで自分がいかに母親姉妹の若い頃について知らなかったか、よく分かる。直樹の家には普通並みの冊数のアルバムがあったが、それをことさら見たことはない。

写真の中に写りこんだ風景も建物も、どこなのか分からなかった。伯母と母親、伯父以外の人間も誰なのか分からない。母親たちの若い頃の逸話《いつわ》など聞いたこともないから、それがどんな折に撮られた写真かに至っては想像すらつかなかった。

軽く溜息《ためいき》をつき、写真の束を置く。次いでノートを取り出した。パラパラとめくってみる。最後のページで手がとまった。

これは、なにを意味しているのだろう。たった四人だけ書かれた名前。美紀子も由岐絵も菅田の家を継《つ》がなかったのに、そこにあえて書かれている理由。子供の名前を書いておきながら、夫の名前がないのはなぜだろう。ましてや、名字が「菅田」になっている理由は。

軽く息をついてページを戻す。ひとつ前のページには、直樹の祖父母と伯父・伯母・母親の五人の名前が記されている。

自分に似ている宗和伯父。

長男　宗和

昭和三十年七月二十八日生

昭和四十七年八月一日没

ふと計算してみて直樹は眉《まゆ》をひそめる。

「……十七で死んだのか……」

若い姿の写真しかないはずだ。伯父は大人《おとな》にならないうちに死んだのだ。若くして死んだとは聞いていたが、まさかこれほど若かったとは——。

直樹は痛ましく思う。わずかに十七。しかもその誕生日を四日しか越えてない。なにが理由で死んだのだろう。そういえば、宗和伯父の死因を聞いたことがない。それどころか、母も伯母も伯父のことについてはほとんど語ろうとしないのだ。どんな人だったのか、どんなふうにこの兄と過ごしたのか。

「いや……そうじゃない」

伯父のことだけではない。母も伯母も、菅田の家のことに関してはほとんどなにも語ってないのではないか。

直樹が生まれたとき、すでに祖父も祖母も伯父も死んでいた。田舎《いなか》は山梨の山奥だ。行ったことがないから、それがどんなところだかは知らない。

──そう思い、直樹はふと眉をひそめた。

行ったことがない？　一度だけ行ったことがあったのじゃないだろうか。記憶が磨《ま》耗《もう》するほど小さな頃。

──日傘……。

そう、母親は日傘をさしていた。

直樹は思い出す。あの日……あれはそう、確かに夏だった。七月か八月か、暑い盛りだったのは確かだ。うるさいほどに蟬《せみ》が鳴いていた。直樹はその時いくつだったのだろう、覚えていない。典子はいただろうか？　それも定かではないが、少なくともまだ小学校に入る前のことだ。

母親は俯《うつむ》いて、乱暴に直樹の手を引く。日傘を深く差しかけて、まるで顔を隠《かく》すように。おきゃんな母親の、あんな悲しい姿を見たのはあれきりだ。母はどこかで手を合わせ、泣いた。帰りの列車では疲れはてて直樹が泣いた。それをなだめる母親はいつになく冷たかった。それだけを直樹は覚えているのだ。

母親は手を合わせていた。ぼんやりと墓標を覚えている気もするから、墓だったのかもしれない。どこか荒れ地——いや、なんとなく焼け跡のような場所で手を合わせていた気もする。ひょっとしたら、ひどく荒れた墓地だったのかもしれない。

「あれ、伯父さんの墓だったのかな……」

直樹は指を折ってみる。直樹が小学校に入る前だから、一九八四年——昭和五十九年かそこら。そして、伯父が死んだのが昭和四十七年。

帳尻《ちょうじり》が合う。あれは伯父の十三回忌《かいき》の年。ではきっと、伯父の命日のあたりだろう。

もう一度過去帳に目をやって、直樹は跳《は》ね起きた。

十四代　真木夫《まきお》

大正十二年十二月一日生

昭和四十七年八月一日没

妻　みどり

大正十三年二月十六日生

　　　　　　昭和四十七年八月一日没

長男　宗和　昭和三十年七月二十八日生

　　　　　　昭和四十七年八月一日没

「どういうことだ？」

祖父も祖母も、そして伯父も、申し合わせたように直樹が生まれた時にはすでに亡《な》かった。そのはずだ。全員が同じ日に死んでいる。

「……ちょっと待てよ」

母親の十三詣りの写真。昭和四十七年といえば母が十三の年。あの後、菅田の家は焼けたのだから……。

「火事か」

おそらくは母親が十三の年、家は火事で焼けたのだ。祖父祖母、伯父の三人はその火事で死んだ……。

直樹は再び過去帳に目を戻す。祖父で十四代目。美紀子かまたは由岐絵の代で十五代になるわけだ。どちらも菅田の姓は名乗ってないが……。

「え？」

直樹は過去帳をまじまじと見つめた。

十三代　富宏《とみひろ》
明治十八年六月十八日生
昭和十五年十二月十四日没
妻　たえ
明治二十四年十一月二十八日生
昭和八年六月二日没
長男　宏正《ひろまさ》
大正五年五月二十三日生
昭和八年六月二日没

「なん……だって？」

ここでも母親と長男は同じ日に死んでいる。直樹はページを繰る。

その先代、十二代目も同じ。やはり母親と長男は同じ日に死亡。

その前は母親のほうが長男の死より一年近く早くに死んだ。

そのさらに前。十代目の良正《よしまさ》のときには、母親、長男とその妻子、次男の計五人が同じ日に死んでいる。

九代目では次男と父母が共に同日、死亡している。長男はそれとは別の日に死んだようだった。それが次男の死より前なのか後なのか、和暦で表記されているので直樹には分からない。

いずれにしても……。それ以前の代にはこういうことはないようだから、この九代目、厳密を期せば十代目が始まりということになる。十代から十四代まで、五代。いや、美紀子と隆を入れて六代。菅田の母親は六代にわたり、長男より長く生きることはできなかった計算になるのだ。

直樹は芳高《よしたか》の部屋に行って百科事典を取ってきた。

やはり気になるのは九代目。長男の吉《きち》と次男の長近《ながちか》。菅田の長男はその母親とほぼ同時期に死ぬ。それがこの九代目で裏切られる。端《はな》から関係ないとは思えない。げんに次男は両親と同じ日に死んでいる。この吉という長男はいつごろ、何歳で死んだのだろう。

直樹は和暦で書かれたそれを、事典の表をたよりに西暦に直してみた。吉の生まれたのは享和《きょうわ》元年、文政《ぶんせい》元年の没。長近は文化十一年で天保《てんぽう》三年の没。これを西暦に直すと——。

長男　吉　一八〇一年四月生
　　　　　一八一八年五月八日没

次男　長近

一八一四年十二月生

一八三二年一月十六日没

「変だな……」

吉は長近よりも先に死んでいる。なぜこの時、母親も一緒《いっしょ》でないのだろう。

吉が死んだのはいまの数え方で十七のとき。長近がこのとき四つで、さらに彼が死んだのは……。

直樹は目を見開いた。

「十七？」

十七だ。十八の年だが、誕生日はまだ来ない。十七歳とひと月で、長近は死んだ。

「十七……十七」

宗和伯父が死んだのは？

「十七歳だ。十七と三日」

吉は？　十七。では、他の人間は？

直樹は過去帳を繰った。計算しやすいのは……。

「これだ、十二代」

長男宏徳《ひろのり》が明治十四年の生まれ。死んだのは明治三十一年。つまり――。

「十七だ」

どういうことなんだ、これは。宗和伯父は十七で死んだ。吉も長近も宏徳も、みんな十七で死んでいる。そして、隆は明後日《あさって》には十七になるのだ。

繰り返し現れる十七の数字。これに意味があるのか。――ないはずがない。

直樹は春休みの課題用に持ってきたレポート用紙を引っ張り出すと、和暦を西暦に改めながら過去帳を最初から清書していく。

そして、出てきたのは。

「……なんてことだ」

問題の九代目を除いたにしても。以後、菅田家の長男は全員十七で死んでいる。多くはその母親を道連れにして。

「宗和伯父さんはなんで死んだんだ。火事か？　だとしても……」

母親に訊《き》いてみないわけにはいかない。菅田家の長男にはなにか――恐ろしい謎《なぞ》があるのだ。

4

「母さん、ちょっと訊きたいことがあるんだけど」

母親の由岐絵は、茶の間で香典《こうでん》の整理をしていた。典子の姿は見えない。

由岐絵は直樹の声に顔を上げた。

「いいとこに来たわ。ちょっと、直樹、手伝って」

「母さん」

「お金を数えてほしいだけよ。そのくらい、してくれたっていいでしょ？」

由岐絵は直樹を軽く睨《にら》む。直樹はやむを得ず由岐絵の前に座った。香典袋を開け、中の金額を確認し、贈り主を読みあげる。由岐絵がそれをメモしていった。

「……あのさ、母さん」

「ん？　これ……誰かしら。住所くらい書いといてくれればいいのに」

「宗和伯父さんは、なんで死んだんだ？」

由岐絵が手をとめた。直樹をまじまじと見つめる。

「……どうしたの、急に」

「ちょっと。やっぱ、火事？」

「……そうよ。そんなことより、先を続けて」

促《うなが》す由岐絵の様子を見て、そこになにかの事情があることを悟《さと》った。いつかのように、顔を陰《かげ》がよぎった。

「お祖父《じい》ちゃんとお祖母《ばあ》ちゃんも、それで死んだんだよな」

由岐絵がボールペンを置いた。

「いきなり、どうしたの。そんなこと、どうでもいいでしょ」

「いいわけないだろ。俺の親戚《しんせき》なんだぜ」

「先祖のことに興味を持つなんて殊勝《しゅしょう》なことね。でも、菅田の家はもう関係ないの。お母さんはお嫁《よめ》に出ちゃったんだから」

「菅田の家を継いだ人間なんていないんだろ」

「そういうことになるわね。残ったのが娘二人だったから」

「どっちかが家を継ごうとか、思わなかったわけ」

「べつにいいでしょ、家なんて」

「──そこが呪《のろ》われた家なら、なおさら？」

由岐絵は直樹をまじまじと見る。

「なにが言いたいの？」

「べつに。ただ、母さんさ、俺の誕生日の話題が出ると嫌《いや》な顔してたろ。それってどうしてかなーとか思って」

「そんなこと、してないわ」

「したさ。美紀子伯母さんも、そうだった」

由岐絵は眉をひそめて直樹を見返す。

「そ。伯母さんもだ。今年に限ってだぜ。まるで俺や隆が十七になるのを怖《こわ》がってるみたいに。あれって、なんなわけ？」

「なんのことだか分からないわ」

由岐絵は言い放つ。

直樹はわずかに苛立《いらだ》った。なぜ母はこうも頑固《がんこ》に隠したがる。

「宗和伯父さんって、十七で死んだんだよな」

ぴくり、と由岐絵が肩を震わす。

「その前の長男も十七で死んだ」

由岐絵は目を見開いた。微かにおびえた色をして、直樹をただ凝視する。

「その前も、その前も。みーんな十七で死んでるんだ」

由岐絵はいつの間にか青ざめた顔で直樹を見つめ、それから苛立たしそうにメモに向かった。

「なにが言いたいのか分からないわ。……いいわよ、行っても。そんなに手伝うのが嫌なら」

その頑《かたく》なな態度に直樹はカッとする。

「俺だってべつに構わないぜ。そんなに言いたくないんだったらさ。図書館に行って、

「……姉さんも？」

新聞調べるから」

　由岐絵は怒ったように直樹を睨む。

「どうぞ」

「なにをそんなに隠すわけ？　隠さなきゃいけないことでもあるのかな？」

「べつに」

　由岐絵は再びボールペンを取って書きつけを始める。その手は明らかに震えていた。

「……子供だと思ってさ、舐《な》めないほうがいいんじゃない。俺、本当に調べに行くぜ」

「だから、構わないわよ。どこへでも行って調べてみれば？」

　挑戦するかのように直樹を睨む由岐絵の目。直樹はそれをすごむように見返す。

「そんなに馬鹿《ばか》じゃないぜ、俺。まず、区役所に行く。そんで、母さんの本籍地を調べる。そしたら、母さんの出身地が分かるわけだ。出身地に行って図書館を調べる。あるいは土地の人に……」

「直樹っ！」

　由岐絵が悲鳴をあげた。その顔に血の気は全く残ってなかった。

　直樹は身を乗り出す。訊かなくてはならない。由岐絵がここまで隠すからには、伯父の死には直樹が想像している以上の秘密があるのだ。

「……母さん、知ってんだろ。菅田家の長男は十七で死ぬ。――母親と一緒に」

直樹は蒼白《そうはく》になった由岐絵の顔を眺める。

「俺だって菅田家の長男だぜ。おまけにもう十七だ」

「あなたは菅田家の人間じゃないわ……」

「どうだろうね。本家を継いだ人間はいないんだからさ、そのツケが嫁に出た娘のとこにまわってくることもあるんじゃない？」

由岐絵は直樹を睨みつける。直樹はそれを睨み返す。少しの間無言の睨み合いが続いた。

先に視線を逸《そ》らせたのは由岐絵だった。倒れそうなほど顔色をなくして、なにかを迷うように視線をさまよわす。直樹は自分が酷《ひど》いやり方で母親を追いつめているのだと自覚した。可哀想《かわいそう》だが、ここで引けない。由岐絵は知らないのだ。隆の変貌を。この家に起こった理解不能な出来事を。

由岐絵は、やがて絶望したように目を閉じて天井《てんじょう》を仰《あお》いだ。長い溜息をついてから周囲を窺うように首を巡《めぐ》らせると、手を伸ばして襖を閉めた。

「母さん、伯父さんはなんで死んだの」

由岐絵の咎《とが》める目。それ以上に悲嘆を含んで。

「一度しか、言わないわよ」

「よーく、聞いとく」

「あなたが脅《おど》して言わせたのよ。それだけは覚えておいてね」

睨みつける由岐絵に笑ってやる。

「分かってるって。で？」

「……自殺だったわ」

言って顔を伏せた。消え入りそうな声だった。

「自殺？　火事は」

由岐絵は言い淀む。直樹は顔をのぞきこむようにして身を乗り出した。

「自殺が原因なのか？　焼身自殺？」

由岐絵はかぶりを振る。

「祖父さんと祖母さんは？」

たたみかける直樹を、由岐絵は顔を上げて見返す。いまにも泣きだしそうな顔だった。

「……訊くの？」

「訊きたい」

こぼれ落ちた涙に誘われるように由岐絵は顔を伏せた。視線を落としたまま、小さな声で呟《つぶや》いた。昔話でも語って聞かせるような、そんな心の遠い口調《くちょう》だった。

「オジサンガ、コロシマシタ」

「……え」

――なんと言った、いま？

由岐絵の目から大粒の涙が落ちた。そのまま子供のように顔を歪《ゆが》めて、机に突っ伏すと声をあげて泣きだした。

殺した。伯父は両親を。

直樹はしばらく身動きもできず、泣きじゃくる母親を見ていた。

「……もうひとつだけ、答えてくれないか」

由岐絵は顔を腕の間に伏せたまま、首を横に頑是《がんぜ》なく振った。

「頷くだけでいい。答えてくれよ」

我ながら、直樹の声はうわずっていた。情けないほど震えていた。

「母さんの伯父さんは？　先代の長男の宏正は？　やはり母親を……殺したのか」

由岐絵は答えない。

「知ってんだろ、自分の伯父さんのことだぜ」

喉《のど》が切れるほど泣きながら、由岐絵はやっと首を頷かせた。直樹は立ちあがった。

母親の背中を軽く叩いて、そうして部屋を出る。

「……ごめんな……」

5

——これが呪いでなくてなんだろう。

「菅田家の長男は十七で母親を殺す」

声に出してみて改めて震えた。

伯母。息子。隆。隆はもうすぐ十七。伯母は長女。家に残って姓を継げば、隆は間違いなく菅田家の長男だったはずなのだ。

これで分かった。母親や伯母の暗い顔が。病院からかけた電話での会話が、妙にかみ合わなかったわけが。

ふたりは恐れていたのだ。息子の誕生日を前にして。すでに菅田の家は崩壊《ほうかい》した。娘ふたりは家を捨て、姓を捨てて嫁に出た。だがしかし、それでも姉妹は不安だったのだ。この呪詛《じゅそ》が嫁《とつ》ぎ先まで追いかけてくるのでは、と。彼女たちは息子が十七になるのを恐れた。もしかしたら自分を殺すかもしれない息子を恐れていたのだ。

美紀子が倒れたと伝えた病院からの電話。由岐絵は第一声、「隆ちゃんは」と訊いた。隆はどうしているのか、まさか、と。次いで由岐絵は「病気で?」と訊いた。

「自殺だ」と答えれば確かにそうなのかと念を押した。まさか、隆が殺したのではと、あれはそういう意味だったのだ。

喉の奥に無数の剃刀《かみそり》が詰まったように苦しかった。

隆の変貌。あれが意味するものは。

——たったひとつだ。菅田の家を崩壊させた呪詛は追ってきたのだ。十五代目たる、美紀子の元に、その長男、隆の元に。

隆の豹変に伯母があれほど狼狽《ろうばい》したわけもこれで分かる。伯母は悟った。隆がやがて自分を殺すだろうことを。

突然、激しい悪寒《おかん》が直樹を襲った。嘔吐《おうと》しそうになり身体を丸める。耳鳴りがし、冷や汗がどっと噴き出した。

伯母は……美紀子は。

直樹は脳裏を荒れ狂う思考を渾身《こんしん》の意思でとどめる。考えてはいけない、これ以上。押しとどめた思考はかえって勢いを増し、必死で造り上げた堰《せき》を切って溢《あふ》れ出す。

伯母は……本当に自殺なのか。

二度目の自殺はともかく、最初のあれは、本当に自殺だったのか。

……まさか。

たまらず直樹は畳の上に吐いた。

まさか、隆がやったのではないのか。

本当に――隆が殺したのではないと言いきれるのか？

6

風が鳴る。不安げな音色《ねいろ》で泡立《あわだ》つように葉鳴りがする。梢《こずえ》が騒ぐ。山を揺るがして潮騒《しおさい》のように通り過ぎる。

禍《まが》ッ者《もの》の跋扈《ばっこ》する夜が来た。

緩《ゆる》やかな曲線で濃紺の夜空を切りとったのは山並み。稜線《りょうせん》の上に浮かぶ満齢の月。彼方《かなた》に見える花の里には、明かりひとつない。ただ月に照らされて屋根だけが、濡《ぬ》れた銀の光を弾く。それよりもいっそう鮮《あざ》やかに白いのは散り残った桜だろう。ひっそりと息絶えたかのように眠る里の中で、その白い輝きだけが、生命の気配を宿していた。


――夢を見ていた。

暗い部屋だった。延べられた布団《ふとん》に美紀子が横たわっていた。そこに隆は馬乗りになる。虚《うつ》ろに目を開いてじっとしている美紀子の足を紐《ひも》で括《くく》っている。紐の水色が生々しいほど鮮やかだった。

隆は母親を括り終えると、馬乗りになったまま小さなカプセルを取り出した。人形のようになすがままになっている美紀子の口元にそれを持っていく。閉じた唇《くちびる》を割ってそれを口の中に落としこむ。一個を飲ませれば次の一個を出す。延々それを飲ませ続けた。

直樹は悲鳴にならぬ呻《うめ》き声とともに飛び起きた。夢だと分かっていながら、夢だとは思えないほどの痛みがあった。

この日直樹は、自分の思考に耐えきれず、食事も摂《と》らずに布団をかぶって寝たのだ。飛び起きたのは深夜だった。目眩がするほどの吐き気に襲われて窓を開けた。窓から入るわずかの風では慰《なぐさ》めにならず、廊下を這って庭に出た。

南の一人静《ひとりしずか》の間にうずくまって、目の前の垣越しに里を眺《なが》める。白い柔毛《にこげ》の茅萱《ちがや》が銀の粉をまいたようにそよいでいる。見おろす角度に森閑《しんかん》と眠りについた里の景色が一望できた。月は残酷なほど皓々《こうこう》と照り、その光に打たれて死に絶えたかのように、眼下の里に人の気配は見えない。

生きるのが辛《つら》いほど、切なくて悲しかった。膝《ひざ》の間に額《ひたい》を落とし、直樹は心の中で問う。

隆。お前は母親を殺したのか。

異界の月に照らされて、仙境《せんきょう》の里は眠る。野草の庭で直樹は月光に打たれている。かつてこの家には住むにふさわしい人たちがいた。人でないのではと疑わせるほど、風雅で優しかった人たち。その一方は死んだ。そしてもう一方は。

もしも隆が母親を殺したのだとしたら。それはあまりに酷い。それは隆の意志ではない。断じて隆にはできないことだ。菅田家の末裔《まつえい》に生まれた、それだけのことが、それを隆にさせたのだとしたら。

身体を引き裂《さ》いてしまいたいほど辛かった。

時間を戻す術《すべ》があれば。時間をとめる方法があれば。どんな犠牲《ぎせい》を払ってもいい、と直樹は月に嘆願した。

月は皓々と中天を流れ、下界の慟哭《どうこく》に耳を貸さない。

どのくらいそうしていたろうか。

ふいに自分の近くで密《ひそ》かな音がして、直樹は我に返った。典子か由岐絵でも起こしてしまったろうか、と直樹は周囲を見回し、無人の庭を目《ま》の当たりにする。

「三代――？」

直樹はずっと先に立った空木《うつぎ》の根元に、光る目を見つけた。

直樹は小さな鏡のように月光を弾く双眸《そうぼう》に向かって手を伸ばす。

「三代」

お前は気づいていた。せめてお前に口がきけたら。そうすれば、自分にだってなにかができたかもしれないのに。

直樹は立ちあがる気力もなく、ただ手を差し伸べた。深い木陰《こかげ》に入ったそれが、きらと揺れて忍び出てきた。

人恋しくて生き物の温《ぬく》みがほしくて差し伸べられた、直樹の指がふと強《こわ》ばった。

輝く目はそろそろと空木の繁みを這いだしてくる。漆のような闇《やみ》に紛《まが》い物《もの》のような双眸を輝かせて。闇に点《とも》った二つの灯。梢から這いだしたそれは月光を浴びる。それでもなおその目の所有者は闇の色を変えなかった。

白銀の光をヴェールのように降ろした月。空木の梢は碧《あお》い銀。下生《したば》えの一人静は白い花を点々と輝かせ、葉先は銀鼠《ぎんねず》に光る。

その銀をまいた風景の中に、漆黒の闇がぞろぞろと這いだしてくる。双眸は直樹を見据《みす》える。直樹は身じろぎさえできない自分に気がついた。

ヌラヌラと闇そのものの色をしたなにかが、蛞蝓《なめくじ》のようにゆっくりと空木の下からにじり出てきた。銀色の野草を踏みしだき、蠢き流れるように直樹のほうへ近づいてくる。

——大きい。

直樹はいまさらのようにそれが猫などではありえないことを確認する。身体を捻《ねじ》って振り向いたまま、背筋を肩を凍《こご》えさせた。

まるで漆をかぶった人間が、喘《あえ》ぎながら這ってくるようだった。その目だけが銀光を弾き赤銅《しゃくどう》の色に点る。餓《う》えた色をした双眸がぞろぞろと蠢いて近づいてくる。直樹が瞬《まばた》きひとつできないまま、それは距離を半分に縮《ちぢ》めた。

——来る。

あれが自分にたどり着いたらどうなる。

全身が粟立《あわだ》ったが、呼吸でさえも思うようにならない。不自然な姿勢で身体を捻ったまま、直樹は視線を逸らすことすらできずにいた。

それはぞろぞろと這ったまま、目の色を笑わせた。その下の真っ黒な表面に赤い亀《き》裂《れつ》ができる。ぱくと開けたそれは、疑いもなく口だった。歯列は見えず、赤い肉色の歯茎とぬめるように蠢く紅蓮《ぐれん》の舌が生々しい。

直樹はおぞましさに意識を竦《すく》める。逃げようと、叫ぼうと、身体の内側には荒れ狂うほどの焦燥《しょうそう》が渦巻いているが、震えひとつ起こらなかった。

それはさらに距離をつめる。紅《あか》い口は直樹の間近まで来ている。閉じこめられた意識が悲鳴をあげた。

それはどろどろに溶けた身体から触手《しょくしゅ》のように長い影を伸ばす。腕のように伸べられたそれは、地を這いながらまっすぐ直樹に向かってきた。出口を持たない悲鳴が直樹の中で反響し、ただ意識だけを殴打《おうだ》した。瞼《まぶた》を落としたわけでもないのにふっと視野が光度を失う。その時だった。

銀色の丸いものが直樹とそれの間に飛びこんだ。わずかにあいた地に降り立ち、幽《ゆう》鬼《き》のような唸《うな》りをあげる。

——三代だった。

三代は身を丸め、逆立《さかだ》てた毛先を銀に輝かす。獣《けもの》そのものの声で唸って太い前脚を雷光のように払った。

爪が銀の軌跡を描き、闇に点った双眸に紅い鋭利《えいり》な亀裂が走った。紅い飛沫《ひまつ》を散らし、爛々《らんらん》と輝く目が閉じたように消えた。同時に赤く舌を蠢かせた口が叫ぶ形に仰反《のけぞ》って開く。その瞬間、直樹の脳裏をつんざいて、きしむような悲鳴が轟《とどろ》いた。灼《や》けた咆哮《ほうこう》が意識を貫く。

鼓動《こどう》さえとまるような一瞬の衝撃を放ったのち、それは奈落《ならく》の底へ墜落するように姿を消した。

それが消えた跡には月光ばかりが白くて。とまった時間が流れだしたかのように、光は降り花は白い輝きを揺らす。さわと音がして葉先は白銀の粉をまいてなびいた。

全身を汗みずくにした直樹が我に返ると、三代がつくねんと座って自分の顔を見あげていた。

震える手を伸ばすと、お手をするように爪を出さない柔らかな前足をのせた。暖かいそれを直樹は握る。三代はその手に耳の下を擦《す》りつけた。前足を引き寄せ抱き上げる。いつもは嫌がる三代がおとなしく軽い体重をあずけた。

冷えきった腕で灯火のように暖かい毛玉を抱いた。

「……ありがとうな……」

軒端《のきば》に近寄ることはなくても、庭先を徘徊《はいかい》していた三代。この猫は、まるで閉め出された守護神のように、隆を家を見守り続けていたのだと思った。

7

三代を抱いて部屋に戻り、気を失うように眠った。翌朝目覚めると、三代はもう布団の中にいなかった。

「目、覚めた？」

襖から典子が顔をのぞかせている。典子の声で目覚めたのだと思い出した。

「……三代、知らねえか？」

「出したよ、襖をカリカリやってたから。そしたら、また家出しちゃった。どうやって連れ戻したの」

「……ゆうべはちょっと、気が合ったんだ」

「起きなよ。もうお昼ご飯だよ」

直樹はあわてて窓に目をやる。陽《ひ》は高く、暖かな陽射しが入りこんでいた。

「もうそんな時間か……」

「お兄ちゃん、だいじょうぶ？　死にそうな顔色してる」

「絶好調」

「ウソばっかり」

典子はプクンと頰を膨《ふく》らませたが、すぐに笑顔をつくった。

「起きれるんだったら早くしなよ。お兄ちゃんの分も食べちゃうぞ」

「ああ。──典子」

戻りかけた典子が振り返る。

「……隆は」

「部屋にはいないみたい」

暗い声だった。

「そっか。──すぐ行く。他人《ひと》のモンに手ぇつけんじゃねーぞ」

「べーだ」

「……隆な、おかしいんだ。だいぶ前から」

「おかしいって……」

由岐絵の眼差《まなざ》しは不安の色に塗りつぶされる。

「おかしいんだよ。それで、分かるだろ？」

宗和伯父の変貌を目《ま》の当たりにしたのだから。由岐絵は直樹をのぞきこむ。

「人が変わったみたいに……冷淡になった？」

「冷淡、傲慢《ごうまん》、残酷《ざんこく》。言い方はいろいろあるな。……でも、人が変わったとしか言いようがない」

「姉さんがあんなことになって……そのせいだと思っていたわ。──ううん。そう思いたかった」

直樹は頷く。

「じゃあ……やっぱりあれは、追いかけてきたのね……」

顔を覆った母親の背を撫でてやる。しばらくそうして由岐絵の嗚咽《おえつ》が治まるのを待った。

「……なあ。伯父さんは人が変わったあと、どの程度もとの伯父さんだった？」

由岐絵は言葉の意味が分からない、というように顔を上げる。

直樹は苦笑した。自分にもどう言っていいのか分からないのだ。ただ、あんなふうに変わってしまった隆が、それでもまだ昔の隆をどの程度にせよ残しているものなら、自分は隆が伯母を殺したのではないと信じられる気がしたのだ。

母親は再び目を伏せた。もう涙は見せなかった。とめていた手を動かし始め、ゆっくりと茶碗《ちゃわん》を洗っていく。直樹は手渡された食器を拭《ふ》いていった。

「兄さんが変わってしまったのは……ちょうど誕生日の頃からだったわ」

由岐絵は手を動かしながら口を開く。

「誕生日の日にみんなで映画を観にいったの。家族で食事をしてスタジオで写真を撮った。……その日はなんでもなかった」

「うん」

頷きながら直樹は反芻《はんすう》する。それは突然訪れるのだ。隆もまた一夜にして変わった。

「次の日にはもう様子が変だった。兄さんは……ごく当たり前の人で、隆ちゃんみたいに出来た人ではなかったけど、それでもはっきり様子が変だと分かったわ。まるで人が変わったみたいだと思った――」

「その前に、なにか変な気配がするとか、変な物を見たとか言ってなかった？」

「いいえ……隆ちゃんはそんなことを言ってたの？」

「うん。母さんは？　なにかを見たりしなかった？」

由岐絵は首を振る。

「……降って湧《わ》いたように態度が変わって……いったいどうしたのかと考えてみる間もなかったわ。ただ驚くばかりで」

伯父が爆発したその日は誕生日のわずかに四日後。もちろん、なにが起こったのか考える間もなかったろう。

「八月の一日《ついたち》だった……。起きると、もう家じゅうに煙が充満してたの。私は驚いて家を飛び出して。他の誰も出てこないので不安になって……。人だかりがした頃になって初めて、姉さんが家から飛び出してきた。お母さんたちのいる、家の奥のほうは屋根まで炎に包まれてた。姉さんは胸に文箱を抱いてた……」

由岐絵が言葉を軽く切っても、直樹は口を挟《はさ》まなかった。

「ふたりで抱き合って家が燃え崩《くず》れるのを見てたわ。とうとう……お父さんもお母さんも、兄さんも出てこなかった」

由岐絵の頰を滴《しずく》が伝う。

「焼け跡から死体が三つ、見つかって。お父さんとお母さんの死体は奥の部屋の柱に括りつけられていたの。兄さんは……」

目を閉じる。口元が震えた。

「お腹《なか》に酷い傷があって。警察の人に言われたの、両親を殺して家に火をつけ、割腹したようですって」

由岐絵は両手で流しの縁を摑む。

「たぶん姉さんは三人の死体を見たんだと思う。文箱はその部屋にあったはずだから。姉さんにその時のことを訊いたことは一度もなかったけど。私と姉さんは……とうとう一度もあの事件のことを話し合わないままだったの」

鍵《かぎ》を掛けて蓋をする。怖いものが出てこないように。忘れたふりをする。追いかけてこれないように。それは全く無駄《むだ》なことだったけれども。

「姉さんも言わなかった。だから私も黙ってた。……あの日、夢を見たの」

「──夢？」

「夜中に目を覚ました夢よ。……ずっと夢だと思ってた。そう思いたかった。暑い夜で──」

由岐絵は声をつまらせる。

「部屋の襖は全部開け放してあって……私は蚊帳《かや》の中で寝てた。そうしたら目が覚めたの。どうしてだか分からない。その日は本当に寝苦しかったから、そのせいだと思う。──とにかく目を覚まして──」

「覚まして？」

直樹は言い淀む先を促した。

「……廊下を怖いものが通るのを見たの……」

「怖いもの？」

「兄さんだって、思ったわ、最初。すぐに違う、と思った。……だってそのひとは包《ほう》丁《ちょう》を持っていたんだもの……」

由岐絵の口元は震えている。

「台所のほうから、家の奥へ。……それも一丁じゃないの。何丁だか分からないけど、両手にいくつか持ってた。そして首に縄《なわ》を巻いてたの」

「縄……？」

「普通の縄よ。それを丸く束ねたのを、首にかけていたの……」

由岐絵の目は見開かれ、まるで水場の窓の外にその人影を見ているようだった。

「怖かったわ。……でも、すごく眠かったの。自分でも半分寝ているのが分かってた。だから夢だと思ったの。——そう思うことにした……」

直樹はまた泣き始めた由岐絵の背中を叩いた。

由岐絵が落ち着くのを待ち、食器を片づけて、直樹は台所を出た。去り際《ぎわ》、由岐絵は直樹に問いかけた。

「隆ちゃんは、違うわね？」

違うわね。美紀子を殺したりしてないわね。

由岐絵に向かって直樹は笑ってやる。

「違うよ」

自信はなかったが、由岐絵は安心したように顔をほころばせた。

8

直樹は部屋に戻って写真を繰った。

十七で逝《い》った宗和伯父。

伯父が写っている写真を並べる。子供の頃の写真を除き、面影《おもかげ》を頼りに古い順番に並べてみた。由岐絵の十三詣りの時の写真。その写真と同じ顔をして写っているもう一枚の家族の写真は、おそらく伯父の誕生日に撮ったものだろう。伯母も母親も暑い盛りにふさわしく、袖のない服を着ている。

伯父は十七。本当に自分と似ている。そしてこの写真を撮った四日後に伯父は死んだ。

直樹は順番を決めかねた一枚の写真を手に取る。十七の頃の顔だと思った。部屋の中に座って白っぽい着物を着ているが、光線の加減と白黒の写真であるために浴衣《ゆかた》なのか単《ひとえ》なのか分からなかった。

じっとそこに写った伯父の顔を見つめ、直樹はふとそれを誕生日の写真の次に置く。

「……間違いない……」

隣《となり》の写真と見比べる。写真に写るのを厭《いと》うようにしかめられた眉と険のある眦《まなじり》。顔の半分が陰っているせいで、その表情はひどく暗い印象を与える。まるで――様変《さまが》わりした隆のように。

纏《まと》っている空気の色が違うのだと思った。明らかに幽鬼のような薄い影を纏って見える。

宗和は床の間を背に、書院窓を右にして畳の上に座っている。左手を軽く脇に垂《た》らし、右手で袂《たもと》をたくし上げるようにしてその腕を摑んでいた。そして、そこに。

直樹は目を疑う。写真を近づけてじっと眺めた。

宗和の左手についた薄い色。ちょうど手首の上あたり、腕の内側についた、円い痣《あざ》が五つ。鮮やかに人が握った指の形に。

「これは……」

これを直樹はどこかで見た。握った形についた痣。――紅い。

ぱっと脳裏に紅い色が甦《よみがえ》る。

隆だ。隆の左手にもこれと同じ痣があった。去年まではなかったものを、小さい頃からあったと言い張った隆。

あわてて誕生日の写真と見比べる。半袖のシャツを着た伯父の腕にこんな痣はないように見える。あるいは、光の加減や角度のせいかもしれないが。

直樹は写真を摑んで部屋を飛び出した。流しを磨《みが》いている由岐絵を捕まえる。

「……どうしたの？」

「これ、見てくれないか」

突きつけた写真に由岐絵は目を見張る。

「――こんなものを、どこで……」

「伯母さんの部屋にあった。それより」

直樹は写真をかざす。

「これは、誕生日の後に撮った写真じゃないのか？」

由岐絵はじっと写真を見つめる。

「……そうよ。そうだわ。確か……あの事件の前日か、その前の日だったと思うわ……。叔母《おば》……あなたの大叔母さんにあたるひとが、兄さんにプレゼントを持ってきて、その時に従兄弟《いとこ》のカメラで写した写真だと思う。――そうだわ。事件のずいぶん後にもらった覚えがあるもの」

「ここ、見てくれ。左手」

直樹は宗和の左手についた痣を示す。

「この痣、生まれつきあったのか？」

由岐絵は眉を寄せる。

「いいえ。……こんなもの、兄さんにはなかったと思うわ」

「確かに？」

「確かよ。この写真を撮った頃にできた痣なんじゃないかしら」

直樹は写真を見つめる。禍々しいほど鮮やかについた痣。隆の腕にもやはりあった。これは重大な鍵。この痣は菅田家の長男にかけられた呪詛と深い関係があるのだ。


その夜。直樹は夜中にふと目を覚ました。なぜ目覚めたのか分からずに、暗い部屋を見回す。耳を澄ますと微かに風の音が聞こえた。怪訝に思いながらも目を閉じる。窓の近くでふいに唸り声がした。

「……三代？」

起きあがって障子を開けてみる。硝子戸《ガラスど》ごし、いつの間に曇《くも》ったのだろう、夜空には月も星も見えなかった。三代、と呼んでみたが答えのあるはずもない。

再び横になり、眠りに落ちながら直樹はもう一度、三代の唸り声を聞いた。

※※※※※

――雨が降っていた。

薄暗がりに軒を打つ雨音が響く。

ずっしりと濡れた薄闇、四角い明かりを、立ちはだかった男の影が大きく切りとっていた。

男もまたずっしりと濡れていた。

――おかあさん。

子供に向かって女が走る。

――やめてください。

空虚《うつろ》な暗い空間に、引き裂かれる痛みの声が響く。

――やめてください、お願いします。

男の足が女の膝を蹴《け》り、下腹を蹴る。女の悲鳴が走った。

――この子はわたしの子供です。

女は全霊を託して子供の腕に爪を立てた。弱い肌には血が滲《にじ》み、それでも子供は否《いな》を言わない。

子供が母親を呼ぶ。母親が子供を呼ぶ。濡れた腕が容赦《ようしゃ》なく裂こうとする。

母親は救いを求める。

――この子はわたしのたったひとつのものです。

力と力の拮抗《きっこう》でたわむほどに伸ばされた腕には、子供の手首を裂いた血が流れて伝った。

雨が降る。――暗い軒の下には叫びが降った。

――母親とはその程度のものか。

――なにを。

――わが子の命よりわが身の執着《しゅうちゃく》のほうが愛《いと》しいか。
雨は降る。軒を叩く。地を、人を叩いた。
――裂けと言うなら、自分で裂けばよろしかろう。

――おかあさん。

第六章

1

その翌日は雨が降った。直樹《なおき》は一人で茶の間に座り、レポート用紙と写真の束《たば》を見つめている。

由岐絵《ゆきえ》は典子《のりこ》を伴《ともな》って繁華街《はんかがい》へ買い物に行った。隆《たかし》は例によって、いるのかいないのか分からない。気が向けば夕飯には出てくるだろう。今日は隆の誕生日だ。由岐絵も典子もそれを覚えているだろうか。

写真をかき回し、レポート用紙を繰《く》ったがなにも見えてはこなかった。

「そもそも、なにを探してんのか、自分でもよく分かってねーんだもんなぁ」

直樹は独《ひと》りごちる。

自分の望みは分かっている。隆に対して抱《いだ》いた恐ろしい疑いを晴らしたい。そして隆を取り戻したい。

だがしかし、どうすればいい。肝心《かんじん》の隆が取りつく島もないのでは、打つ手もないのは明らかだ。

座卓に頬杖《ほおづえ》を突き、苦《にが》りきって外を見る。障子《しょうじ》を開け放した縁側《えんがわ》の外では陰鬱《いんうつ》なほど密《ひそ》かに雨が降る。

進退極《きわ》まって直樹は身体を畳に投げ出す。

——隆。どうなんだ。お前は本当に母親を殺したのか。

考えこみ溜息《ためいき》をついた。百年くらい眠っていたい気分だった。自分の望みの千分の一も眠れないのは分かっていたが、なにもかもが億劫《おっくう》で目を閉じた。閉じたところで声をかけられた。

直樹はあわてて起きあがる。声のした縁側を見やると人影が目に入った。

軒先《のきさき》にひとりの女が立っていた。

ひっそりと俯《うつむ》き、雨に打たれている。

「どなたですか」

直樹は最初、伯母《おば》の弔問客《ちょうもんきゃく》なのだと思った。そういえば明後日《あさって》は伯母の初七日《しょなのか》、この女の顔も葬儀の時に見た気がする。

妙に懐《なつ》かしい気がした。葬儀でではなく……もっと昔、よく知っていた人だった気がする。

女は俯く。白い頬に涙とも雨ともつかぬ滴《しずく》が落ちた。

「あの……どうぞ、中へ。そこは濡《ぬ》れますから」

直樹が勧《すす》めると女は微《かす》かに頭を振った。

「いま……俺しかいないんですけど。とにかくタオルを持ってきますから、せめて掛けていてください」

強く勧めて立ちあがろうとする。女はやはり首を振った。首をかしげて見やる直樹を女は見あげた。その目には涙が浮かんでいた。

「すっかり……大きくなったんですね」

直樹は首をひねる。やはりどこかで会っている？　それともこの女性は自分を隆と間違えているのだろうか。

「……あんなに小さかったのに」

女は目を細めた。なにかを懐かしむ表情だった。

「あなたは覚えていないのでしょうね」

女は再び涙をこぼす。

「菅田《すがた》の家にあなたを盗《と》られたとき、あなたはまだ三つだった……」

……この女はなにを言っているのだ？

「あの」

声をかける直樹の、その脳裏《のうり》に微かに見える絵がある。雨。透《す》けるほど澄《す》んだ緑の枝。自分に伸びた白い手。

ふいに手首が疼《うず》いた。左の手首だ。そして痛みが記憶を呼び起こす。

白い手が握った自分の小さな手首と、女の悲鳴。

……わたしのこども。

この子はわたしの子供です。

………。

自分を呼ぶ女。記憶の中の表情は苦悶《くもん》とも悲嘆ともつかぬものに歪《ゆが》んで。直樹は見開いた目を女に向ける。懐かしい、……慕《した》わしい……。

「お母さん……？」

女が涙に濡れた頬を和《やわ》らげ、直樹の片手をそっと握った。

「わたしがあなたの母親です」

目も眩《くら》むほどの衝撃に直樹は襲われた。ふいに自分の五感が過去に向かって引き延ばされる奇妙な感覚。握られた手首の感覚だけを残し、現実の輪郭《りんかく》は失われ、そして古い記憶が呼び起こされる。

雨。そう、激しい雨と――。

――雨が降っていた。

薄暗がりに軒を打つ雨音が響《ひび》く。野太《のぶと》く、激しく、雨足の強さは屋根を伝い、梁《はり》を伝い、柱を伝って床《ゆか》や土間までを震わせている。

ずっしりと濡れた薄闇《うすやみ》、入り交じるくぐもった雨音と、鋭利《えいり》な雨音。鋭利な雨音は、薄闇にぽっかりと口を開いた戸口から、濡れそぼった風とともに流れこんでいた。家の中は降りこめられて暗い。光源は開いた戸口だけ。その四角い明かりを、立ちはだかった男の影が大きく切りとっていた。厚みのある肩を軒の下にまで吹きこんだ雨が叩《たた》き、真っ白な飛沫《ひまつ》が黒々とした輪郭を霞《かす》ませていた。

男もまたずっしりと濡れていた。水滴の滴《した》る手が無造作《むぞうさ》に伸ばされ、細いばかりの子供の腕を摑《つか》んだ。子供は抗《あらが》う。幼《おさな》い力で精一杯に逃げようとする腕、力まかせに摑んだ男の手、雨足で濡れた手は滑《すべ》りやすく、男がさらに一層の力をこめて、子供が悲鳴をあげた。

──おかあさん。

子供に向かって女が走る。子供の身体を抱きよせ、男の腕から引きはがそうとする。子供の空《あ》いたほうの手が、すがるように伸ばされ、空《くう》を切ってから間近に膝《ひざ》をついた女の髪を摑んだ。

──やめてください。

空虚《うつろ》な暗い空間に、引き裂《さ》かれる痛みの声が響く。男の手には容赦《ようしゃ》がない。抱き寄せた子供の胴《どう》をさらわれ、女はとっさに髪を毟《むし》って離れていく子供の手を取った。女に向かって救いを求めるように、指の先まで反《そ》って伸ばされた左手。

——やめてください、お願いします。

男の足が女の膝を蹴《け》り、下腹を蹴る。その手から子供を奪おうとする。女の悲鳴が走った。

——この子はわたしの子供です。

女は全霊を託して子供の腕に爪《つめ》を立てた。弱い肌には血が滲《にじ》み、それでも子供は否《いな》を言わない。

——たったひとりの子供です。

子供が母親を呼ぶ。母親が子供を呼ぶ。離されまいとして悲鳴をあげるふたりを、濡れた腕が容赦なく裂こうとする。

母親は救いを求める。渾身《こんしん》の力で子供の腕を握ったまま、すがるように戸口の外を見た。

戸口の外は地を打ち据える雨。白くけぶった水煙《すいえん》の向こうに、滲んだ緑の梢《こずえ》が見える。軒端《のきば》に近いその木の下には、もうひとりの女が立っていた。この女も全身を雨に濡らしている。白い優美な顔が臘《ろう》のように色をなくして、いっそ死霊《しりょう》が立っているかと思われるほど。

――あなたも女なら分かるはず。

母親の叫びに、女の柳眉《りゅうび》は動かない。絶え間ない雨が白い面《おもて》を洗っていく。

――この子はわたしのたったひとつのものです、どうぞ盗らないでください。

子供を引きとめ、力と力の拮抗《きっこう》でたわむほどに伸ばされた腕には、子供の手首を裂いた血が流れて伝った。

女は表情を動かさず、口唇《くちびる》だけを動かした。

――菅田のものは菅田に返してもらう。

女の声は抑揚《よくよう》を持たない。

――その子の身体を流れるものは、半分は泥《どろ》でも半分は菅田の血。

――いいえ、この子はわたしの子です。菅田の血筋とは関わりのないこと。盗らないでください、消えろと言うならどこへでも消えます。この子だけは盗らないでください。

雨が降る。――暗い軒の下には叫びが降った。

女は顔をしかめた。雨水がひそめられた眉根《まゆね》に沿って流れていく。

――菅田のものを取り戻すまで。

――では裂いて持っておゆきなさい。

母親は女を睨《にら》みすえた。

——半分が菅田の血筋だと言うのなら、この子を半分に裂いて、菅田の分だけ持っていけばいいでしょう。

女はその睫《まつげ》の先から無数の雨滴《うてき》をこぼしながら、乾《かわ》いた目で笑ってみせた。

——母親とはその程度のものか。

——なにを。

——わが子の命よりわが身の執着《しゅうちゃく》のほうが愛《いと》しいか。

雨は降る。軒を叩く。地を、人を叩いた。

——裂けと言うなら、自分で裂けばよろしかろう。できるかどうか、見せてもらう。

母親は子供に目を向ける。子供は母親を疑いのない瞳《ひとみ》で見返す。そのいとけなさに母親が折れた。

子供の腕を摑んだ指が解《と》けた。男は子供を引きさらい、抱《かか》え上げる。木の下の女は踵《きびす》を返し、雨に溶《と》け入るように姿を消した。男が子供を抱いたまま、雨足に叩かれ、遠ざかる。

土間に突き伏した母親には、その足音も雨の音も聞こえなかった。ただ、雨に打たれて消えていく子供の声だけを聞いていた。

——おかあさん。

——おかあ……さん。

直樹はそれに気を取られていた。我に返ると女は雨に打たれながら軒端を遠ざかっていくところだった。呼びとめようとして、呼びかねる。女の姿が建物の陰を曲がろうとしたところで、やっと呼んだ。

「お母さん」

女は振り向き、直樹に笑顔を向ける。泣きたいほど恋しかった。

「……また会いにきてもいいでしょうか」

女は直樹に尋ねる。直樹は頷《うなず》いた。

2

長い間、直樹は呆然《ぼうぜん》とその場に座っていた。女は母親だと名乗った。それが本当だとしたら、直樹は由岐絵の息子ではないことになる。

「……そんなはず……」

ない。ないはずだ。

しかし、あの幻視《げんし》のように鮮《あざ》やかな記憶はどうだろう。あれは古い記憶。確かに自分が忘れていた記憶。

女の言葉を信じるなら、直樹が養子に出たのは三つのとき。

「そんなはず、あるかよ」

高校入学のとき、自分で書類を用意した。戸籍は確かに実子になっていた。養子ではありえない。

あの女のデタラメかもしれない。そのはずだ。

思い起こしてみて、直樹は自分が女の顔を覚えていないのに気がついた。どんな顔だったか、思い起こすことができない。どんな服装をしていたか、どんな声をしていたか。なにひとつ思い出すことができないのだ。

夢だったのだろうか、と思う心を微かな痛みが否定する。直樹は左手を見た。左の手首に微かに残った赤い疵《きず》。

こんなものがあっただろうか、自分の身体に。それは古い疵に見えた。少なくとも昨日《きのう》や今日《きょう》できた疵ではない。それはほのかに赤く、まるで痣《あざ》のようだった。

直樹の理性は、なにかがおかしいと激しい警戒音を発する。情緒はそれを押し退《の》ける。

だって自分は覚えていた。あの人が母だと確かに思い出したのだ。この疵は別れの時についたもの。母親が自分の腕を握って、血の滲むほど握って、その悲しい爪の痛みが残していった痕跡《こんせき》。

「…………」

直樹は畳に額《ひたい》を擦《す》りつけて呻《うめ》いた。分からない。さっきのあれが白日夢《はくじつむ》でないのなら、どうして自分はその懐かしい人の顔を覚えていないのだろう。忘れるはずがない。覚えていたことを覚えている。確かに覚えていると思ったのに、その顔を思い出せないなんて。

確認しなければならない。あの人はまた会いにくると言っていた。今度会えばはっきりする。事情も訊《き》ける。養子の自分がなぜ書類上は実子の扱いを受けているのか。

「……くそ」

頭に綿《わた》でもつまったみたいだ。物事を秩序立てて考えることができない。なにか得《え》体《たい》の知れない感情が自分の中でせめぎあっているのだけが分かった。

直樹はしばらく煩悶《はんもん》し、やがて身体を起こした。小走りに隆の部屋に向かい、中に隆がいることを確認する。出かけてくると声をかけた。隆は返答しなかったが直樹は頓着《とんちゃく》しなかった。

直樹は手早く身繕《みづくろ》いを済ますと、家を出た。

この混乱を救うための簡単な方法がある。少なくとも、自分が佐藤《さとう》家の実子であるかどうか、真実を判定する可能性を持った方法が。

血液型を調べてみればいい。

直樹は自分の血液型を知らない。父親はA、母親はOだ。このふたりから生まれ得る子供の血液型はAかO。直樹がもしそれだったからといってふたりの実子であると断言はできないが、それ以外の血液型なら、直樹がふたりの実子である可能性は完全に否定される。

確かめないではいられない。女の言葉を無条件に信じることは理性が許さず、かといって疑うことは感情が許さなかった。


はるばるバスで一時間と少しかかる市街地まで出向いて、直樹は繁華街にある血液センターに行った。献血をして、血液型を調べてもらう。

検査をした女性は若く、ふっくらとした頬にえくぼさえ刻《きざ》んで直樹の血液型を告げる。

「O型ね」

にっこりと微笑《わら》う彼女の顔に、直樹は笑顔を返す。

内心混乱しないではなかったが、少なくとも両親の子供である可能性が否定されたわけではない。安堵《あんど》したのも事実だった。

直樹はその帰り道、考えごとをしたくて落ちつけそうな喫茶店に寄り道した。

これで事態は振り出しに戻った。

直樹は両親の子供であるかもしれず、また同時に違うのかもしれない。

いったい、なにが真実なのだろう。直樹は自分の左手を見つめる。

……この痣は、どこかで見たことがある。

思いながら、すぐに納得《なっとく》する。

もちろん、見たことがあるはずだ。これは自分が子供のときからあった。今日まで意味を知らずに来たが、これは実の母親が自分の手を握った跡だったのだ……。

なんとなくその傷跡がいとおしく、直樹はふと微笑《ほほえ》む。そして唐突に激しい違和感に襲われた。

……なにかがおかしい。自分はなにかぜったいに間違えてはいけない分かれ道を、間違った方向に進んでいる気がする。

テーブルに肘《ひじ》をのせて頭を抱えた。

順番に考えよう。今日、女が現れて自分は直樹の母親だと名乗ったのだ。直樹も母親を思い出した。確かにあの人は自分の母親だ。しかし、書類の上では自分は佐藤家の実子になっている。それはなぜだろうと考えたのだ。それで血液型を調べようと…

…。

　そこまで考えて直樹は首をひねる。

　なぜ自分は血液型のことなど考えたのだろう。直樹が知りたいのは自分が佐藤家の実子であるか否かではない。そんなことは分かっている。自分はあの男と女の子供ではない。三歳のとき誘拐《ゆうかい》同然に佐藤家に連れてこられた。直樹はそれを覚えている。

「……え？」

　直樹は思わず呟《つぶや》いた。

　ちがう。自分をさらったのは菅田家の女で佐藤家とはなんの関係も……。いや、いいんだ。母親は菅田の女。だから――。

　直樹はうろたえる。この激しい違和感はなんだろう。自分の思考は歪んでいる、そんな気がしてならない。

　直樹の思考は混乱を重ねる。考えれば考えるほど、蒙《くら》い穴の中に落ちこんでいく気がした。

　直樹は運ばれてきたコーヒーに口をつけて頭をひとつ振る。

　今日の自分はどうかしている。きっと寝不足なのだろう。

　とにかく、自分は思いついた時には確かに必要だと思って血液型を調べに来たのだ。

　その結果はO型。父親はAで母親はOだから……。

そこまで考えて、また小さな引っかかりを覚える。棘《とげ》のありかを突きとめて、直樹は愕然《がくぜん》とした。

「……O？」

直樹はあわててコップの中の水に指を浸《ひた》した。テーブルに水で字を書く。

一昨年《おととし》の秋、父親方の祖母が手術をした。輸血の必要があって、そのとき父親と母親のそして祖父母の血液型を知った。祖母はAB。祖父もまたABだった。

直樹は震える指でテーブルに字を書く。「AB」「AB」と並べて書いて、その間を線で結んだ。このふたりから生まれ得る血液型は。AA・AB・BBの三つだけ。生まれた父親の血液型はA。もちろん、AAでしかあり得ない。

直樹はコップに指を突っこみ、祖父と祖母を結んだ線から垂線を引っ張ってそこに「AA」と書く。そこからさらに横に線を引っ張る。そこに母親の血液型を書く。「OO」。ふたつを結んだ直線から、さらに垂線を引っ張る。AAとOOのふたりから生まれる子供の血液型は。

直樹は指を動かした。

「AO」――のみ。

水で書かれた文字を、直樹は震える手でかき混ぜた。テーブルは水を零《こぼ》したように濡れてしまった。

O。絶対に生まれるはずのない血液型。げんに典子はA型だ。自分だけがあの家の正式な分子ではないのだ。

ひどい耳鳴りがした。顔から血の気が引いたのが分かった。

どう考えればいい、これを。考え得るのは三つだけだ。父親が祖父母の子供ではないか、あるいは自分の父親が佐藤弘幸《ひろゆき》ではないか、あるいは。

――自分が由岐絵の子供ではないか。

解答はあまりに明白だ。自分の腕に残った痣、自分が持っている記憶。本当の母親が言った台詞《せりふ》。

疑うべくもない。直樹は由岐絵の子供ではない。本当の母親はあの女性なのだ。

確認したとたん、またひどい違和感に襲われる。直樹はそれを黙殺《もくさつ》することに今度は成功した。

問題は――と直樹は思う。高校入試のときに揃《そろ》えた戸籍では間違いなくふたりの実子だということになっていた、その事実なのだ。自分がさらわれるようにして佐藤家に引き取られたのは三歳のとき。では、どうして養子でないのか。三歳の子供を引き取って、実子として登録できるはずがない。

これなのだ。自分が知らねばならないことは。

なにが起こったのだ……自分の過去に。

なにをしたのだ、あの女——由岐絵は。

直樹が野草の家に戻ると、由岐絵と典子はすでに帰ってきていた。由岐絵は直樹を見るなり、うらみがましい目を向ける。

「留守番《るすばん》を頼んだのに、出かけちゃ困るわ」

軽く睨んで小言《こごと》を言った。

直樹はムッとする。

なにを言っているのだ、この女は。自分は重大な謎《なぞ》を解《と》くために出かけたのだ。そしてその謎を解いた。自分はこの女の子供ではない。この女は自分の母親ではない。

それどころか。

本当の母親から自分を奪い、策を弄《ろう》してあたかも実子であるかのように装い、今日まで母親面《づら》をして直樹を欺《あざむ》いてきたのだ。

なのになぜ、小言を言われるいわれがどこにある。

不服そうな直樹を由岐絵は咎《とが》めるように見た。

「これからは、留守を頼んだら、ちゃんといてね」

「うるせえな」

気がついたら口をついて出ていた。

由岐絵と典子が驚いたように自分を見返す。

「留守番がいるんだったら、自分が残りゃよかったんだ」

「直樹。お母さんは残れない用があったから……」

――「お母さん」。自分をそう呼んだ由岐絵の声が直樹の胸に突き刺さった。腕に残った痣が、たったいまついたように鋭利な痛みを点《とも》す。

そんな言い方は許さない。自分の母親は別にいる。この女が自分を母から奪い取って、母は引き裂かれる息子の腕を握って、泣いて、泣いて、喉《のど》が裂けるほど叫んで。

母のためにも、そんな言い方は絶対に許さない。

直樹は座卓を蹴りあげた。由岐絵と典子が悲鳴をあげる。

「なにが母親だよ！　ふざけたことを言ってんじゃねぇっ！」

蒼白になったふたりに一瞥《いちべつ》をくれてから、直樹は足音高く茶の間を出た。眦《まなじり》が裂けるほどの怒りで、それ以上口をきくことができなかった。

夕飯も食べずに直樹は部屋に籠《こも》った。ただじっと息をひそめて、また来ると言った母親が訪ねて来るのを待っていた。

会いたかった。無性《むしょう》に会いたかった。

結局その日、母は直樹の前に現れなかった。十四年ぶりに会ったのに。また訪ねて来ると言ったのに。もしかしたら、もう会えないのではないか、そんな気がして直樹は泣いた。

女々《めめ》しいとは思わなかった。

気が狂うほど、ただ恋しかった。

3

母が自分を訪ねて来てくれたのは、翌日も夜になってからだった。

硝子《ガラス》を叩く高い音に誘われて、窓を開くと外に会いたい人が立っていた。

「来てくれたんだ……」

直樹は安堵して呟く。女は微笑《わら》った。直樹は一日、まるで子供のように母と会ったらなにを話そうか、そればかりを考えていた。いまどうしているのか、どこに住んでいるのか、なにをして生活しているのか、どうして直樹がここにいると分かったのか。

だが、会ってしまえばそんなことは訊く必要のないことに思えた。

「もう会えないんじゃないかと、思ってた」

「なぜ?」

女は少女のような声で問い、首をかしげる。

「……なんとなく……」

窓越しの会話だった。直樹は母の顔をじっと見つめ、部屋の中を指して微笑う。

「入る？」

迷うようにして女に向かって手を伸ばした。

「入れてあげる。俺、お母さんを抱えあげられるくらい大きくなったんだぜ」

直樹が言うと女は笑って頷いた。

差し伸べられた腕を取り、直樹は母を抱えあげる。不安になるほど軽かった。抱きあげて部屋に入れる。女は子供のように声をあげて笑った。

女を座らせて自分も前に座り、両手を突いて顔をのぞきこんだ。

「……どうしたの？」

女は小首をかしげる。

顔を見ているのだ。二度と忘れないように。

そう言うと、女はくすぐったそうに微笑った。すぐに目を細め涙を浮かべる。

「会いたかった……」

どちらもが同時に言った。そのまま言葉を継《つ》げず、黙《だま》ったままお互いに見入る。

直樹にはそれで充分な気がしていた。なにを訊く必要もない。なにをする必要もない。

「昨日、来るかと思った」

「昨日、来たでしょ？」

「うん。でもなんとなく。夜に来るかなと思ってた」

女は微笑む。

「今日も一日待ってた。ずっとここで。……不思議だな。どうしてここに来るって思ったんだろ」

女は答えない。愛し子を見る目で微笑《わら》うばかりだ。直樹は拗《す》ねたように言ってみせた。

「そんな、笑って。たいへんだったんだぜ、あの女は部屋から出てこいってうるさいし」

「……そう」

直樹は昏《くら》い目で入り口の襖《ふすま》を睨む。

「……あんなやつ……」

女は再び微笑った。

「また、笑う。冗談《じょうだん》じゃないぜ、典子は泣くし。泣けるような立場かってーの」

女は直樹を見つめる。

「……私のほうがたくさん泣いたわ」

「分かってる……」

涙を落とす母親の少女のように細い肩を抱いたとき、襖を叩く音がした。

由岐絵の声だった。

「直樹？　いるんでしょ？　話があるの」

キッと直樹は襖を睨む。女はそっと直樹の肩に額を当てた。

「……入れる？」

「入れてなんか、やらない」

直樹が言うと女は笑った。

「じゃあ、入れないわ」

含み笑いを漏《も》らす。直樹は不思議にその言葉を信じていい気がした。

襖の外からは由岐絵の声が続いている。叫ぶように直樹を呼び、襖をうるさいほどに叩く。

直樹は冷淡な視線を襖に投げた。

この人のほうがたくさん叫んだ。あの女はそれを嗤《わら》った。あの仕打ちは忘れない。

絶対にこの部屋に入れてなどやるものか。

由岐絵は襖を叩き悲鳴じみた声をあげる。

「……うるさい」

直樹は立ち上がろうとした。なんてうるさい女なんだ。黙らせてやらなければ。

動いた直樹を母がとめた。

「だいじょうぶ。聞こえないようにしてあげる」

直樹の頭を抱き引き寄せる。母の肩に頭を預けると、ふいと音が止んだ。

「……ね？」

「本当だ。聞こえない」

直樹は深く安らいだ声をあげて、すごい、と何気なく思っていた。


翌日、目を覚ますと、泊まっていったはずの母の姿はなかった。

直樹はなんとなく落胆し、すでに高くなった陽射《ひざ》しを侘《わび》しい気分で眺《なが》めた。

陽に照らされて文机《ふづくえ》がまろやかな輝きを放っていた。その上には文箱《ふばこ》が積み上げられ、写真や過去帳の写しが散乱していたが、もはや興味をかき立てられなかった。

関係のないことだ。菅田の家のことなんて。

直樹は空腹を覚えて部屋を出た。そういえば昨日はなにも食べなかった。

廊下を台所へ歩いていると典子に出会った。典子は直樹の顔を不安そうに見つめたあと、起きたの、とだけ訊いた。

直樹は無視する。菅田の家の人間などに返す言葉は持たない。

「お腹《なか》、空《す》いてない？　いま、お母さんいないの。お父さんを迎えにいってるから。お昼にはお坊さんが来るよ」

「……坊主《ぼうず》？」

「初七日だもん。それまでに軽く食べといたら？　あたし、なにか作ってあげる」

断ることでもないので、直樹は黙って典子の後についていった。

典子は簡単な食事を作って出してくれたが、実際に食べ物を前にするとあまりほしいとは思わなかった。箸《はし》でつつき散らしていると、典子が顔をのぞきこんだ。

「昨日……どうして部屋から出てこなかったの？」

「俺の勝手だ」

「お兄ちゃん、どうしちゃったの？　お母さん泣いてたよ」

直樹はそっぽを向く。

「関係ないね。あんな……女」

典子がピクンと身じろぎした。

「隆ちゃんみたいなこと、言うんだね」

隆？　そういえば、そんな奴《やつ》もいたな、と直樹はそっけなく思う。関係ない。菅田の血縁者のことなんか。

黙ったまま答えない直樹の肩に典子は手をかける。

「お兄ちゃん……」

直樹はその手を乱暴に払った。

「そういう呼び方はされたくねえな」

「なによ」

「俺はお前の兄貴《あにき》なんかじゃない」

「なにを……急に言いだすわけ？」

「本当のことさ」

直樹は笑ってやる。

「俺、養子なんだ。知らなかったろ」

典子は目を見開いて、ただ首を振る。

「……あの女、人を騙《だま》すのが上手《うま》いからな」

「お兄ちゃん？」

典子の声に、直樹は神経を逆撫《さかな》でされた気がする。

「俺は兄貴じゃねえって言ってんだろうがっ！」

怒鳴《どな》られて典子が身体を竦《すく》めた。

「……訊いていい？」

「……なんだ」

「どうして養子なの？」

「言ったところでお前に分かるかな」

「聞きたい。教えて？」

「俺、O型なんだよ、血液型」

「だったら問題ないじゃない！」

直樹は嗤う。なんて頭の悪い娘なんだ。

「……祖父《じい》さんと祖母《ばあ》さんの血液型まで考慮に入れたか？」

典子は目を見開き、口の中でなにかを唱《とな》える。すぐに強張《こわば》った顔から血の気が引いた。

「……そんな」

呟いて、それから直樹を見る。

「じゃ、お兄ちゃんはよそから貰《もら》われて来たの？」

直樹は口元を歪める。そんな生易《なまやさ》しいことなものか。自分は母親から略奪されたのだ。あの女……由岐絵の物言いを忘れない。悲嘆に狂う母に向かって嘲《あざけ》るように言った言葉。『半分は泥でも半分は菅田の血』。選《よ》りに選って母を、汚《きたな》いもののように言ったのだ。

「俺、妾腹《めかけばら》の子供なんだ」

自嘲《じちよう》めいて言ってやる。絶対に由岐絵を許さない。母の身体に流れる暖かいものを泥よばわりしたあの女を。

典子は一瞬キョトンとし、それから声を張りあげた。

「ちょっと、待って！　それいったいどういうことよ⁉」

「どういうもこういうもあるかよ。言葉どおりの意味だぜ？」

直樹は嗤う。この娘は自分の父親を聖人君子《せいじんくんし》だとでも思っていたのだろうか。

「しっかりしてよ！」

典子は叫んだ。

「だったら、お兄ちゃんの本当のお母さんの血液型はなんなわけ⁉　そんなこと、あるはずないじゃない‼」

…………。

母の血液型。なぜそんなことを訊くのだろう。自分がＯで、父親がＡＡ。つまり母は……。

直樹は愕然とする。激しい目眩《めまい》がした。

父親がＡＡである限り、母親がどんな血液型だろうとＯ型の子供は生まれない——。

欺瞞《ぎまん》を自覚した。

あの女は本当の母親ではない。自分の記憶は根本的に誤《あやま》っている。

「目が覚めた？」

典子の声に直樹は呆然と妹を振り返る。

「いったい、どうしちゃったわけ？　そんなくだらないことを言いだすなんて！　それで、昨日一日拗ねてたって？　子供みたいなことしてんじゃないよっ」

返す言葉がない。典子の指摘は正しい。

これはいったい、どういうことなのだ。

急速に、いままで直樹の中で浮上することのできなかった思考が形を現してくる。あの女は何者なのだ。どうして直樹がここにいると分かったのだ。どうして直樹の部屋が分かった。どうして由岐絵は部屋に入れなかった。どうして、由岐絵の声が聞こえなくなった。

無視されてきた疑問が噴《ふ》き出し、直樹は頭を抱える。

「お兄ちゃん、その手、どうしたの？」

典子に問われて直樹は自分の両手を見る。すぐに左手の痣のことを言っているのだと気がついた。指の形の紅《あか》い痣。

「これは……昔から……」

言いかけて直樹は言葉をなくす。

こんなものは、自分になかった。このあいだ、あの女に会うまでは絶対になかったのだ。

直樹は呻いた。

理性が圧倒的な音量で直樹に自覚を促《うなが》す。

自分はなにかの罠《わな》にはまりこんでいるのだと。

狂おしいほどの感情が、もう一方で頭をもたげる。

だって自分は思い出したのだ。あの人が母親だと。三つのときに引き裂かれた、たったひとりの母親なのだと。

直樹は立ちあがった。典子の声を無視して茶の間を出る。歩く度《たび》に吐《は》き気《け》がするほどの目眩がした。

4

直樹は部屋でうずくまった。戻ってきた由岐絵が顔を出し、やってきた弘幸が顔を出したが、気分が悪いの一言で初七日の法要にさえ出なかった。夕刻が近くなる頃に、由岐絵がもう一度顔をのぞかせた。

「少し話があるの。いい？」

断固とした口調《くちよう》だった。その声を聞いたとたん、言いようのないほど悪意に満ちた衝動を感じたが、拳《こぶし》を握ってそれを耐えた。

由岐絵に促され茶の間に行く。茶の間は無人だった。人払いされたように静まった茶の間の空気をかぎ、直樹はほんのわずか、自分がなにかの罠の中に誘いこまれたように感じた。由岐絵は直樹を座らせると、お茶の用意をし始めた。

由岐絵は台所から声をかけてくる。

「……典子になにを言ったの？」

直樹は立ちあがり、暖簾《のれん》をかき分ける。コンロに薬缶《やかん》をかけ、急須《きゆうす》にお茶の葉を入れている母親を見つめた。由岐絵は直樹を振り返る。毅然《きぜん》とした顔を向けた。

「あなたは私が、お腹を痛めて産んだ息子です」

……そんなはずはない。

「あなたがなぜそんなことを言いだしたのか理解に苦しむけど、母親に対してこれ以上の侮辱《ぶじよく》はないのよ、分かってる？」

直樹は唇《くちびる》を噛《か》む。拳に握った左手が耐え難いほど疼いた。

薬缶の湯が沸騰《ふつとう》し、蓋《ふた》を押し上げてカタカタいわせた。直樹は言うべき言葉が見つからず、ただその音を苛立《いらだ》つ思いで聞いていた。

由岐絵は薬缶のことなど、もはや眼中にないようだ。直樹に歩み寄り、さらに言葉をつなぐ。

「どこかに間違いがあるんだわ。あなたが自分の息子なのは、私が一番よく知ってます」

薬缶は蓋をカタカタいわせる。ときどき金属が擦《こす》れ合って硝子を引っかいたような音をたてた。

「直樹。なにがあったのか聞かせてちょうだい。あなたの態度は絶対に変だわ」

「……うるさい」

直樹は嚙みしめた歯の間からかろうじて声を漏らした。由岐絵がわずかに身じろぎし、それでも言葉を紡《つむ》ぐのをやめない。

「たったそれだけのことで、昨日あんな態度をとったの？　一昨日《おととい》典子が怯《おび》えるようなことをしたの？」

たった、それだけ。

直樹は歯を食いしばる。たったそれだけというのか、この女は。苦悶の声を漏らしたいほど左手が疼いた。泣きすがった母親の爪が残した悲しい傷。泣いて泣いて、身体ごと喉が裂けるほど叫んだ母を嗤った女が、たったそれだけと言い捨てるのか。

薬缶は鳴っている。時折交じる甲高《かんだか》い音。それが（罠だ）直樹の意識をかき回す。まるでフォークかなにかで頭の中をかき回される気がした。

「直樹。なにか言って」

はっきりと怒《いか》りを露《あらわ》にした由岐絵の声に貫かれるほどの痛みを感じた。その痛みから逃《のが》れるように直樹は走る。コンロにたどり着き直樹を苛立たせていた薬缶を取りあげた。

「直樹！　ちゃんと答えなさい！」

叱《しか》る声に逆鱗《げきりん》を突かれた。キッと振り返り、激昂《げっこう》に促されるまま全身で叫ぶ。

「うるせぇっ‼」

「直樹っ！」

悲鳴のような声にはっとする。

直樹は薬缶を取りあげた自分の手の重みを愕然として受けとめた。

自分は……なにをしようとしていたんだ？

これを、これを母親に投げつけようとしていたのか。――なぜ？

青ざめた母親の顔。

拳に握った直樹の左手が震えていた。自分自身に対する恐怖と、それでもなお抑《おさ》えかねる凶暴なにかが直樹の中で荒れ狂っていた。

由岐絵が口を開きかける。

直樹は祈る。なにも言わないでくれ。これ以上挑発《ちょうはつ》しないでくれ。俺はこれを投げてしまう。あなたに向かって投げつけてしまう。

「……直樹」

母親の細い声が灼《や》け串《ぐし》のような荒々しさで直樹の脳髄《のうずい》をかき回す。

……なぜこの女が、この姿も声も神経を灼きちぎるほど癇《かん》に障《さわ》る女が、自分の母親だなどと信じたのだろう!?

「うるせぇ!」

直樹は腕に力をこめる。

……うるさいんだ。

……やる。

こんな女……やる。

「殺してやる」

自分の陰惨《いんさん》な声に震える。怖《こわ》いのか、うれしいのか。自分はずっと——この女を殺してしまいたかったのだ。

「直樹」

勁《つよ》い声だった。恐怖でもなく懇願《こんがん》でもなく、息子を諌《いさ》めるために発せられた強い声。

はっと直樹は我に返る。

……ああ、ダメだ。

俺はこのひとを殺してしまう。

理由などない。この女が憎《にく》い。決して憎めるはずのないひとが、（罠だ……）憎くて憎くて灼けつくようだ。

押されては引き、正反対の極へ揺れる混乱した意識が、その振動で崩壊《ほうかい》を起こす。

駄目《だめ》だ。喰《く》われる。

これに（宗和伯父《むねかずおじ》は）喰われて、自分は母親を（両親を――）殺してしまう。

直樹は全ての気力を使って薬缶を傾けた。

熱湯がしぶいて湯気が立ちこめる。母親の悲鳴と、身内を灼きつくす痛みと。紅く爛《ただ》れる自分の左腕と、異臭と。気が遠くなるような激痛に薬缶が離れ床に落ちる。熱湯の飛沫が足を焦《こ》がした。

「直樹っ！」

母親が一声叫んで駆《か》け寄ると、水を張った洗い桶《おけ》をぶちまけた。廊下を走ってくる誰かの足音が妙にはっきり聞こえた。

胸から下がズブ濡れになった直樹を有無を言わさず引っ張ると、爛れた左腕を流水に突っこむ。激しい勢いの水に触れたとたん、水膨《みずぶく》れになって浮き上がっていた皮膚がはがれ落ちた。

5

腕は惨状を呈《てい》したが、直樹は妙に気の晴れた自分を自覚していた。

腕の皮膚は完全に爛れて血だらけになっていたし、吐き気がするほどの痛みもあったが、それでもなお、はがれ落ちた皮膚とともに自分を苛立たせていたなにかが消失したことを意識していた。それは、微かな甲高い音が——自分でも癇に障っていると は気づかないような音が——はたとやんで、ホッと息をついたのに似ていた。

病院から帰るなり、なにか言いたげな両親と典子を茶の間に残して部屋に引き籠った。畳に身体を伸ばし、天井《てんじょう》を見上げる。

気抜けするほど澄みきった自分の意識を確認した。

いったいなにを惑《まど》わされていたのだろう。

振り返ってみると、事態はいかにも簡潔だった。直樹の元に現れた女。もはや顔も声も思い出せないが、それでも気配を覚えている。あんな女なんか知らない。あんな女に会ったことはない。自分の左手に痣などなかったし、母親と引き裂かれた記憶などない。——なぜやすやすと騙されたのか、そのことのほうが不思議だ。

もちろん、あの女はこの世のものではないのだ。あれは直樹を陥穽《かんせい》に落としこみ、偽《いつわ》りの記憶を植えつけ菅田の血族を憎むよう誘導した。いまになって思えば、自分は由岐絵を憎むいかなる理由も持たないし、母親を厭《いと》ういわれもない。たとえもし、あの記憶が事実だったにしても、殺意に至るほどのことではない。

良い母親か、悪い母親かと問われれば、良い母親だと答えるだろう。もしも本当にあんな過去があったにしても、それは揺らがない。長い間会わなかった赤の他人に等しい女のために、どうしてその母親を憎む必要があるだろう？

だが、直樹は実際、憎いと思った。年端《としは》もいかない子供のようにあの女が恋しくて、そのぶん由岐絵が憎かった。その姿が、声が、存在の全てが。――これが、宗和伯父の辿《たど》った道だ。

直樹はジャケットのポケットに入れたままの献血手帳を取り出す。ボールペンの文字。はっきりと書かれた「O」の文字。これはおそらくなにかの罠。あの女の呪詛《じゅそ》の一環……。

直樹はそれを握りつぶすと屑籠《くずかご》の中に放りこんだ。

こんなものは重要でない。自分の出自《しゅつじ》に疑いがあっても、いまはそんなことを考えている場合ではない。

もちろん、いま最も重要なのは隆のことなのだ。

いまや直樹には隆が分かる。隆はあの女に搦《から》め取られたままなのだ。隆の、美紀子《みきこ》を見る不穏《ふおん》な目。汚いと言い捨てたあの物言い。直樹も由岐絵を憎いと思った。菅田の血を引く人間にかける情けなど欠片《かけら》も持たない、そう思った。部屋に引き籠り女を待った。あの女さえいればその他のことは全く重要でなかった。——菅田家の呪詛を知っていたにもかかわらず、直樹があっけなく爆発したことを思えば、実際、隆は辛《しん》抱《ぼう》強い。

直樹は菅田の長男にかけられた呪詛を実感する。十七の誕生日の前後にあの女は現れる。母親だと名乗り、偽りの記憶を植えつける。魂《たましい》を乗っ取り、母親を菅田家を、憎むように差し向ける。それは激しい勢いで臨界点に達し爆発を招く。息子は母親を殺す。それが六代続いてきた。

——だが。

直樹は微笑《わら》う。

美紀子は違う。美紀子は隆に殺されたのではない。いま、直樹はそれを確信している。美紀子は隆が爆発するその前に、自ら死を選んだのだ。

自分には分かる。一旦呪詛に搦め取られた自分には。あの女に捕まったが最後、全ての理性は吹き飛ばされる。激しい偽りの感情に流されて、自分自身を守ることさえ念頭に浮かばない。ここで母親を殺せば自分が裁かれるのだとか、そんな理性は頭をもたげる暇《いとま》がないのだ。

絶対に違う。隆ではない。あの呪詛に捕らえられた者は、相手を自殺に見せかけて殺そうとか、そんな計算をする余裕《よゆう》など持てない。昏睡《こんすい》した美紀子を見て驚いていた隆。女に操《あやつ》られた者には、自己保身の本能はない。自分の身を守るために驚いた演技をするような、そんな思慮《しりょ》は残らない。

隆ではない。そして隆はいまもあの女に捕まっている。

「……これだ……」

直樹は自分の左腕を眺める。そこにあった紅い痣。まるで誰かが自分の腕を掴んで放さない形についた指の跡のような痣。

……あの女がひしと握り締めた痕跡。

これが人の魂を揺るがすのだ。直樹の場合にしても、あの女が自分の手を握ったところから全てが始まりはしなかったか。隆の腕にも鮮やかについた禍々《まがまが》しい指の痕《あと》。

そして——宗和伯父の手にもこれと同じ痣があった。

これが呪詛の刻印。女が人を搦め取った、まさにその証左《しょうさ》。

隆を呪縛《じゅばく》から解かねばならない。少なくともその方法のひとつがこれだ。

だが、しかし——。

直樹は薬が切れて疼きはじめた腕を眺める。

——果たして……。自分にそれができるだろうか？

その深夜。直樹は台所で薬缶をコンロにかける。しんとしずまりかえった家の中でガスの音が急《せ》かすように耳につく。

隆はどうなるのだろうか。菅田家の長男は十七で母親を殺す。しかし隆にはもう殺すべき母親はいない。ひょっとしたらこのまま、隆は何事もなかったかのように生きていけるのかもしれない。もしそうなら、これから直樹がしようとしていることはただ残虐《ざんぎゃく》な暴力にすぎない。

隆は確かに変わった。あんな人間ではなかった。だが、それがなんだというのだろう。以前の隆を懐かしみ、元に戻れというのは自分の勝手にすぎないのかもしれない。この期《ご》に及んでなお、直樹は決心がつかない。自分はどうすればいいのか、なにが本当に隆のためになるのか。

薬缶が沸騰して、たぎった湯が注ぎ口からこぼれた。その音で直樹は我に返る。機械的な動作で火を消した。

……どうか。誰でもいい、これが正しいことなのかどうか、教えてくれ。

由岐絵は眠っている。弘幸は眠っている。典子は眠っている。きっと安らかな眠りではないだろう。部屋で考えこむ直樹を訪ね、お前はどうしたというんだ、と静かに尋ねた父親の顔。由岐絵にも典子にも、そして弘幸にも苦悩の色が濃《こ》かった。目覚めないだろうか、あの人たちは。目を覚まし自分をとめてくれないだろうか。祈るような気持ちで薬缶を下ろして歩き始めた。密かに足音を消して。

隆は眠っていた。部屋の襖は難なく開いた。気配を忍ばせ、中に入ると畳の上に薬缶を置く。薬缶の中ではまだ熱湯がくらくら音をたてている。

膝が笑うほど直樹は震えている。こんなことはしてはいけないことだ。思いながらも、自分の心臓の音に急かされるように屈《かが》みこむ。布団《ふとん》をめくって隆の左腕を取った。直樹は隆に目覚めてほしいと思っている。隆が目覚めれば自分は逃げる。二度とこんなことはしない。そう祈っている。

左腕を、痛む左手で畳に押さえこんだ。直樹の手は見て取れるほど震えている。そっと夜着の袖《そで》をめくる。廊下から射し入る明かりに黒々と指の形の痣が見て取れた。

——そして。

その腕のなんと細くなったことか。

直樹は隆の寝顔に目をやる。暗い明かりに陰影を切りとられ、そげ落ちた頰の線が明らかだ。

思い返せば当然のことだった。満足に食事もとらず、部屋に籠りきりだった隆。たまに食事に出てきても、ほとんど手をつけなかった。

直樹は震え、そして思い至る。

菅田家の長男は皆十七で母親を殺した。そうして本人も例外なく十七のうちに死んだ。隆は十七。人生の最後の年を迎えている。

震えがとまった。

なにが正しいのかは分からない。しかし人が十七で死ぬことの、正しいはずがない。

直樹は押さえこんだ二の腕に膝をのせた。隆が起きるのも構わず体重をのせる。飛び起きた隆が身じろぎして、なにか声をあげたが黙殺《もくさつ》した。

——寝静まった夜に隆の悲鳴が響いた。

「直樹っ！」

父親の手が直樹の頬に飛んできた。たいして痛いとは思わなかったが、容赦のない殴《なぐ》り方だった。

「どうしたっていうんだ。どういうことなんだ！　なんであんな……」

「……ああするしかなかったんだ」

呪縛を解くには。あの女から逃げるには。血筋にかけられた母殺しの呪《のろ》いから逃げるには。少なくとも、直樹にはそれしかないように思われたのだ。

父親は直樹の頑《かたくな》な態度に黙りこむ。その傍《かたわ》らの母親は怒りを含んだ目を直樹に向けた。

「近頃の直樹はどうかしてる。まるで」

言いかけて由岐絵は口を噤《つぐ》んだ。

「まるで？　宗和伯父さんみたいか？」

「…………」

「俺、似てるか？　そうだろうな」

十七で両親を殺して自殺した伯父。あの女に捕らえられ、ついに夢から覚《さ》めることのなかった伯父。

「……これしか方法がなかったんだ」

直樹は呟く。詫《わ》びるように深く頭を垂《た》れた。

本当に、他の方法は思いつかなかったのだ。隆には殺すべき母親はもういない。だからといって、呪詛は隆を手放したわけではなかった。呪詛がまだ隆を捕らえているのだとしたら、隆は疑いようもなく十七で死ぬ。それを看過《かんか》することはできなかった。

由岐絵は直樹をまっすぐに見つめる。

「直樹。私を殺したい？」

低い声で訊いてきた。由岐絵は問うている。お前も呪詛に捕まったのかと。父親は由岐絵を痛ましそうに見た。その表情で直樹は、父親が菅田の家の呪詛を知っているのだと悟《さと》った。

直樹は微笑《わら》って首を振った。由岐絵から目を逸《そ》らさなかった。

「いいや。俺はもう、だいじょうぶだよ」

由岐絵は直樹の目をのぞきこみ、そして静かに頷いた。


隆の部屋に向かう。気を失ったまま医者の手当てを受け、いま隆は昏々《こんこん》と眠っている。


その枕元には典子がひかえて俯いていた。直樹が部屋に入っていくと、おびえた目を向け無言で直樹に問いかける。直樹は手を伸ばし、後退《あとずさ》るように身体を引いた典子の、自分を見あげたまま凍《こお》りついた頭に掌《てのひら》を置いた。髪をかき回し、微笑ってやる。

「心配かけて、すまなかったな」

典子は直樹を見上げ、じっと目をのぞきこむ。やがてぽろぽろ涙を落として言った。

「……お兄ちゃん、だいじょうぶね？」

「ああ。だいじょうぶだ」

コクンと頷き、やっと笑う。

「手間のかかる兄貴だこと」

「悪かったって」

「反省しろよ」

「ああ」

典子は笑い、それから隆に目を向ける。

「……隆ちゃんは？」

もうだいじょうぶなの、と直樹に問う。典子には菅田家の呪詛についてなにも言ってない。両親だって言いはしないだろう。しかしこの娘は、おぼろげながら事件の核心を理解しているのだと思った。

直樹には分からない。本当に隆が女の手から逃れることができたのかどうか。返答できずに目を逸らした直樹だったが、すぐに自分が開けたままにしておいた襖の下にわだかまった影に気づいた。

「隆もだいじょうぶだ。——ほら」

直樹は後ろを示してやる。典子は振り返り、そこに三代の姿を見つけて顔を輝かせた。

三代は眠そうな目で直樹と典子を見つめ、それからのったりと立ち上がると、ゆっくり延べられた布団に近づき、眠る隆の肩口で身体を丸めた。

三代が隆の元に帰ってきた。もちろん、隆はだいじょうぶなのだ。

6

隆が目を覚ましたのは、明け方になった頃だった。隆の側《そば》には直樹が付き添い、典子は部屋で休ませた。雨戸を引かない縁側からはまだ明けやらぬ、群青《ぐんじょう》の薄闇《うすやみ》が流れこんでいた。

隆は軽く瞬《またた》きし、柔和《にゅうわ》な目を部屋の中にさまよわせた。すぐに直樹に気づいて目を向ける。

「……直樹？」

ひそやかに囁《ささや》く声で隆が問う。そこには直樹が切望した穏《おだ》やかで暖かな響きがあった。

「痛いか？」

訊き返す直樹をきょとんと見てから、肩口で眠る三代に気づく。ふと目を和《なご》ませて、軽く右手を三代にのせた。

直樹が見守る中、隆はそろそろと身体を起こす。包帯を巻かれた左腕を眺め、なにかを思い出そうとするようにじっと視線を注いだ。

「隆――」

薄闇の中に身を起こした隆の、その横顔に呼びかける。隆は問い返すように直樹を振り向いた。

「お前は、伯母さんの、息子だ」

一言、一言、言葉を区切るように言った。

「お前は、奪われたりしてない。そんな事実は、どこにもない」

隆はじっと直樹を見つめ、やがて深く頷いた。すぐに視線を逸らし、布団を握った自分の右手を見るようにして俯く。

なんの言葉も交わされぬまま、ひそやかに時間が流れた。紺青《こんじょう》の空気はやがて薄い藍色に変わる。直樹はただ隆の俯いた横顔を見ていた。

パタ……と乾いた高い音がした。隆の涙が手の甲を叩いた音だった。

隆は目に見えて細くなった腕で膝を抱く。

「……そうか」

膝に顔を埋《うず》めた。

「母さんは死んだんだな……」

殺した嗚咽《おえつ》が漏れ、直樹の耳を打つ。長い呪縛から覚めて、隆が最初に対峙《たいじ》しなければならなかったのは、自分の母親の死という事実だったのだ。

いつの間にか目を覚ました三代が、慰めるように頭を擦《す》りつけた。

隆は長い時間ひそかな声で泣き、やがて静かな顔を上げた。

「直樹……ごめんな……」

直樹はただ頷く。

「典ちゃんにも……本当に悪いことをした……」

「気にするな。お前だけじゃない」

隆は直樹を見返す。直樹は微笑《わら》ってやった。

「菅田の長男は、お前だけじゃないってことさ」

首をかしげる隆に、直樹は話をしてやる。この短い春の間に起こった、長い時を背負った物語を聞かせる。六代にわたり菅田の家を襲った悲劇。宗和、直樹、そして隆。

隆は爪を立てるように布団を握りしめ、直樹に震える声で訊いた。

「……僕は、母さんを殺したんだろうか」

「その答えはお前しか知らない。……殺したのか？」

直樹はそうでないと思っている。だからこそたやすく訊けた。

「……そんな覚えはない……でも」

「じゃあ、お前がやったんじゃない」

直樹はきっぱり言ってやる。

「俺は女に捕まっていた間のことを覚えている。記憶に欠落はない。唯一《ゆいいつ》欠けているのは女の顔だけだ。お前が身に覚えがないというなら、それは起こらなかったことなんだ」

隆は頷く。どこか迷う気配がした。直樹にだって分かっている。隆はこれから、自分は記憶のないままに親殺しの大罪を犯したのではないかと疑い続けていくのだ。これればかりは、どうしてやることもできない。美紀子は遺書《いしょ》を残さなかった。

直樹は無言でただ隆の息づかいを聞く。不安に彩《いろど》られた呼吸は、やがて静かに浅くなった。

「直樹にすごく苦労をかけたんだな」

「感謝してくれ」

笑う直樹に隆も微笑《わら》う。その笑みは暗がりのせいばかりでなく確かに悲しい色彩を帯びてはいたけれど、それについては時間が洗い流すのを待つしかないのだと直樹は納得《なっとく》していた。

「……痛むか？」

直樹は隆の左腕に目をやる。隆も直樹の腕を見返した。

「直樹は？」

「……けっこうくるな」

「そうだね」

ふたりして密かに笑い合った。

7

部屋を満たした空気は冷えて、蒼《あお》い色を露にしている。夜が明けきるまではいま少し時間がかかりそうだった。

ふと、三代が身を起こした。耳を立て窓のほうを窺《うかが》う。

「……どうした？」

隆が問うのと同時に、毛並みを逆立てて激しい唸《うな》り声をあげた。

直樹も隆も、腰を浮かせて身じろぎする。同時に窓に目をやった。

狭い庭は蒼い霧に巻かれていた。縁側のわずか先にある楓《かえで》も石も、微かに影だけを浮かべている。三代は身を屈めて威嚇《いかく》を続ける。その濃い霧の中に、ふたつの影が現れた。影は走り寄ってくる。あの女か、と身構えた直樹だったが、影が窓辺に寄るのを見て身を凍らせた。

それは由岐絵と直樹だった。由岐絵は悲鳴をあげている。恐怖を露に窓辺に駆け寄り、助けを求めるように手を広げた。その髪を直樹が掴む。髪を掴んで引き倒す。その手には鋭利な刃物が握られている。

叫ぶ間もなかった。窓の外の直樹は由岐絵の胸にそれを突き立てる。紅い飛沫が窓の硝子に飛んだ。突き立てたものを引き抜き再び突き立てる。点々と血飛沫《ちしぶき》は硝子を汚し、ふたりの姿を霞《かす》ませる。

由岐絵の指が硝子に五本の紅い線を残し、窓の下に沈んだ。返り血で真っ赤に濡れた直樹がそれを笑って見おろしている。一瞬の惨劇《さんげき》。

――嘘《うそ》だ！

身動きすらできぬうちに窓の外の直樹は真っ赤に染まった刃物を上げる。それを自分の喉元に当てると、真一文字《しんいちもんじ》に引いた。赤を叩きつけたように硝子が染まる。洗われるほどの血を流して窓が深紅《しんく》に塗りつぶされた。

「嘘だ！　僕は殺してない!!」

つんざくほどの隆の悲鳴に直樹は振り向く。隆は目を見開いて窓を凝視《ぎょうし》している。

「そんなことはしてない！」

隆は絶叫する。

直樹は悟った。自分と隆では見ているものが違うのだ。直樹が由岐絵を殺す自分を見たように、隆は美紀子を殺す自分を見たのに違いない。直樹は隆の腕を掴む。故意に包帯の左手を握った。隆がはっと直樹を見る。

目線で確認し合い、励《はげ》まし合い、再び目を引き寄せられるように窓に戻す。真っ赤に色を変えた窓を誰かの手が拭《ぬぐ》った。

人の手が血を拭い、紅い縞《しま》を残した硝子から女の顔がのぞきこんだ。

あの女だった。女の姿も血で濡れていた。紅の飛沫で顔を汚したその女は、鼻をつけて窓の中をのぞきこむ。その首には紐《ひも》を巻きつけ、紐の両端を自分で握って笑っていた。これ見よがしに紐の両端を引く。紐が紅く濡れた首に食いこんで、それでもなお女は高らかに笑っている。

直樹が思わず目を覆《おお》おうとしたときに、激しい音とともに三代が窓に突っこんだ。まっすぐ女の顔に向かって飛びつき、硝子を震わせて床に落ちる。それと同時にすとんと窓の紅い色が消えた。

「――三代！」

隆の声がしたときには、縁側の窓は明けた朝の庭を映《うつ》して、もはやなんの形跡もなかった。薄い朝靄《あさもや》。微かにけぶった楓の古木と、ぽつんと置かれた青石。

隆は縁側の三代を抱き上げる。三代はもう何事もなかったかのように仔猫《こねこ》のような声をあげる。甘える色で鳴いてみせて、隆の胸に頭をこすりつけた。

「隆……」

「うん……」

なにを言えばいいのか分からなかった。ただ……あの女はまだ諦《あきら》めてはいないのだと、それだけが分かった。

※※※※※

十四年ぶりに見る我が子の顔は幼い頃の面影を色濃く残して、しかもなお荒《すさ》んだ色が深かった。

女は泣いた。泣いた末に言わずにおれなかった。

――わたしがあなたの母親です。

子供はそれだけで理解した。

第七章

由岐絵《ゆきえ》も典子《のりこ》もそして弘幸《ひろゆき》も、朝食に起き出してきた隆《たかし》を見て、なにやらまぶしそうな目をした。

隆はただ、深く頭《こうべ》を垂《た》れ、心配をかけました、とだけ詫《わ》びた。両親は安堵《あんど》したように微笑《わら》い、典子は顔をクシャクシャにした。三代は隆の膝《ひざ》で惰眠《だみん》をむさぼった。

その後、ふたりして包帯を替えられ、薬を飲まされ、休んでいるよう申しつけられた。直樹《なおき》も隆も大人《おとな》しく由岐絵の言葉に従い、家の奥に引き下がった。

1

「——僕は分かる。でも、どうして直樹もなんだろう」

直樹の部屋だった。言いだしたのは隆だった。ふたりで意味もなく文箱《ふばこ》を広げていた時だった。

菅田《すがた》家にただふたり残った娘。長女が家を継《つ》いだとしても不思議はない。それで隆が菅田家の長男だと認められたのは分かる。しかし、直樹は——。

「分かんねぇな。でもさ、お前の場合、呪詛《じゅそ》は不完全だったってことなんじゃないかな」

隆は首をひねる。

「菅田家にかけられた呪詛はこうだ。長男は母親を殺し、十七で死ぬ。……だけどお前は伯母《おば》さんを殺せなかった。その前に伯母さんが……」

最後までは言えず、直樹は口をつぐむ。隆もただ頷《うなず》いた。

「だからさ、もう一人の菅田家の長男にお鉢《はち》がまわってきた、ってとこなんじゃねーの」

「そんないい加減な呪詛ってあり？」

「あちらさんにだって都合はあんだろ。それにさ、べつにこういう変則的な呪詛は初めてじゃない。次男が死んだ例もあるからさ」

「……ふうん……」

呟《つぶや》いて隆は窓の外を見る。直樹もつられて外の石庭を眺《なが》めた。奇岩の孤島《ことう》を見つめ、ふと言ってみる。

「あの女、諦《あきら》めたと思うか」

隆の返答は短かった。

「……いや」

「変な感じだよな……俺、明日にも死ぬかもしんねぇんだぜ」

「よしなよ」

「お前だって他人事《ひとごと》じゃないぞ。もう十七になったんだからさ」

直樹が笑うと隆はまじまじと見つめてきた。ふいに目を逸《そ》らし、なにかを考えこむふうをする。どうした、と訊《き》くと、ただ首を振る。さらになんだよ、と促《うなが》すと、隆はひどく不安げに目を上げた。

「……なんだか変だと思わない？」

なにが、と問う直樹に、隆は困ったように目を逸らす。

「……どうして、僕のほうが先だったんだろう……」

「そりゃ、伯母さんが長女だから」

「……それだけだろうか、本当に？」

隆の不安が、意味も分からぬまま直樹に伝染した。

「なにが言いたいんだよ、お前」

隆は視線をさまよわす。低い声で呟いた。

「……僕はいま、怖《こわ》いことを考えてる」

「怖いこと？」

隆はまっすぐな視線を直樹にひたと当てる。

「まだ解決してない疑問がひとつあるだろ。——血液型の問題はどうなったわけ？」

「どうって……あんなの、あの女の罠《わな》に決まってる」

隆はさらに不安な目をする。

「……なにが言いたいんだよ」

「直樹はO型。叔父《おじ》さんはAA、叔母《おば》さんはO」

「あれが、本当だとは限らないぜ、そうだろ？」

「だから……本当だとしたら？」

「……おい！　本当だったら、俺は少なくとも親父《おやじ》の子じゃないことになるんだぞ！」

隆は俯《うつむ》き、それでも考えこむ様子をやめない。

「おい、なんなんだよ」

「僕の両親がともにA。そして……僕がA」

「……なにが言いたい」

なんとなく不穏《ふおん》なものを感じて、直樹は隆を睨《にら》みつけた。隆は視線を落としたまま、
呟くように声を零《こぼ》す。

「僕のとこにあの女が現れたのが、三月、直樹のとこが……四月」

「それが……」

「これじゃ——逆なんじゃない？」

隆が顔を上げた。強張《こわば》った直樹と視線が合う。

「全然無関係の、血液センターの人にまで及ぶような力を、あの女は持ってるだろうか。直樹の目が呪詛のせいで狂っていたのならともかく」

直樹はあわてて屑籠《くずかご》を探《さぐ》る。直樹が捨てた献血手帳はまだその中に残っていた。拾いあげて開いてみる。血液型の項に目を落としてから、隆に差し出した。隆はそれを受け取る。

「Oだね、間違いなく」

「……これが事実なら……まさか」

「その、まさかだと思う」

しんと血が冷えた。隆は白い顔で直樹を見る。

「近所の人で、医学部の院に行ってる知り合いがいる。これを……調べてもらおう」

隆は美紀子《みきこ》の文箱にあった臍《へそ》の緒《お》を取り出した。

「これでも血液型の判定はできるはずだ」

直樹はただ頷いた。

隆が言う人物の家に電話をして、大学に行く前の彼を捕まえた。彼の家は同じ集落の上《かみ》のほうにある。その家を訪ね、くれぐれも早くと頼んで小箱を渡した。彼はせっぱつまったふたりの顔を見比べ、できるだけ早くに作業をして結果を知らせると請《う》けあってくれた。

その結果が知らされたのは昼下がり、電話に出て短く受け答えをした隆は硬い表情で受話器を置いた。

「——0」

直樹には地がたわんだ気がした。では、自分は佐藤《さとう》家の子供ではない。そして、あの臍の緒が0だというのなら、それは隆のものではなく、直樹のものなのだ。

簡単な結論。直樹は佐藤家の子供ではない。久賀《くが》家の、美紀子の息子なのだ。——では隆は？

直樹は隆のわずかに青ざめた顔に目をやる。美紀子に似ている。これほどに似た者が、この血筋と無関係であるはずがない。

「……なぜこんなことが起こるんだ」

直樹の声は掠《かす》れていた。

「俺たちは入れ替わってる」

直樹の部屋でふたりは互いに膝を抱《かか》える。ぽつ……と口を開いたのは隆だった。

「僕は……昔から不思議に思ってたことがあったんだ。僕の虹彩《こうさい》は青緑をしてるだろ？」

直樹はあわてて隆の顔をのぞきこんだ。隆の目の虹彩は確かに青鈍《あおにび》色をしている。

「直樹んちの叔父さんも、青緑なんだ、知ってた？」

「いや……知らなかった」

「他はみんな茶色なんだよ。父さんも写真を見る限り茶色。この虹彩はね、遺伝するんだ。子供が青緑で父親が青緑のとき、ふたりが実の親子である確率は八十パーセント以上なんだって」

隆は微《かす》かに、得心した表情で微笑《わら》う。

「……聞くところによると、この程度の確率は、ぜんぜん高い数字じゃないらしいんだけど。でも、その話をなにかの本で読んでから、ちょっとだけ気になってた。直樹の血液型の話を聞いたとき……それを思い出したんだ」

「……そうか……」

「どうして……こんなことが起こったんだろう？」

隆の問いかけに、直樹は語る。

「父さんな、俺が生まれたとき出張で南米にいたんだって。俺が生まれてすぐに、事故にあって母さんが看病に行ったことがあるんだ。その時、俺は伯母さんに預けられたって聞いた。二か月の時」

「その時か……」

なるほどな、と直樹は呟く。

「どうりでふたりしてあの女に振り回されたわけだ。いったいどっちが菅田家の長男なんだと思う？　菅田の長女は伯母さんだ。伯母さんをその長男が殺す。長男てのは、どっちだ？　この家を継ぐのはお前だろ？　けれども、実際の血のつながりは俺のほうにある。かといって、十七年も育てたら、もう他人とは言えんだろう。感情的にさ。

――あの女もさぞかし迷っただろうな」

「血のつながった実子か、それとも、十七年育てた子供か――」

「奴《やつ》は、育てた子供のほうを取ったってわけだ」

隆は怪訝《けげん》そうに首を傾けた。

「でも、直樹がなぜ――？」

さあな、と直樹は横になる。

「伯母さんが死んで、菅田の家がお袋に引き継がれた、ってことなんじゃねえの？　普通だったら、ここで一代待つところだ。呪詛は俺の子供に降りかかる。けど――」

「……直樹の子供は、もう菅田の長男とは呼べないだろうね」

「そういうことなんだろうなあ。ひょっとしたら、単にもう一族を根絶《ねだ》やしにして、けりをつけたかったのかも……」

言いながら直樹は考える。血のつながりか、それとも母子の情か。——原因をつくったのは伯母でしかありえない。伯母はこれを、故意にやったのだろうか。それとも事故に過ぎないのだろうか。

おそらく——事故ではないだろう。

「……なるほどな。伯母さん、お前と典子が結婚しちゃ困るはずだ」

乾《かわ》いた笑いが漏《も》れた。伯母の心中を察するだに哀《かな》しい。

「おまえら、正真正銘《しょうしんしょうめい》、兄妹じゃん」

あの伯母が、その話題の時に限って、難しい顔をした。それを思うと、真実は明らかな気がする。美紀子は知っていたのだ。なぜなら、それは美紀子自身が故意に行ったことだから。

——だが、なぜ？

直樹にはそれも分かるような気がする。

美紀子は子供を取り替え、その子供が十七になって自ら死を選んだ。——その理由など、分かりきってる。

直樹がその時、まさにちょうどそう考えていたのは、ひどく意味深《いみしん》なことだった。

ぱたぱたと廊下を走る音がして、強張った表情の典子が顔を出したからだ。典子は手に一通の手紙を持っていた。

「お兄ちゃん……これ」

典子が差し出した手紙の、和紙で作られた封筒には達筆な女文字が並んでいた。表書きにはこの家の所在地。気付《きづけ》として直樹の名。その脇《わき》には親展、と。裏を返せばある女性の名前。消印は昨日、まぎれもなくこの市内になっていた。

典子の顔は蒼《あお》かった。直樹も隆もその手紙を唖然《あぜん》と見つめる。

死んだはずの、美紀子からの手紙だった。

不服そうにする典子を、親展と書かれているのだからと追いだした。隆まで追いだすわけにはいかない。遺書を残さなかった美紀子がたったひとつ残したものなのだから。

直樹は封を破り、厚い封筒の中身を取りだす。やはり和紙の便箋《びんせん》が数枚出てきた。目に優しい象牙色《ぞうげいろ》の紙に、微かににじむ墨色《すみいろ》のインク。その蒼とも碧《みどり》ともつかぬ暗さが美紀子の心の色を代弁しているように見えた。

死者からの手紙。昨日の消印のついた。疑問をさておき、直樹は手紙に視線を落とす。丁寧《ていねい》な文字で綴《つづ》られた文面を読んだ。

『直樹 様』

冒頭の一言に美紀子の声が甦《よみがえ》る。悲愴《ひそう》な死を選んだ、実は自分の母親だったひと。

『この手紙が着く頃には、私はもはやこの世に居ません。死人からの手紙だと驚かないでください。私はこれをコインロッカーに置き去りにしてくるつもりです。使用期限の切れたロッカーを開けた誰かが、この手紙を投函《とうかん》してくれるのか……それは私には分かりませんが、もしこれが貴方《あなた》の元に着かなかったとしたら、それが命運というものでしょう――』

2

――美紀子は一息にそこまで書いて、万年筆をとめた。

なにを伝えたいのか分からない。どう伝えればいいのか分からない。

芳高《よしたか》の自室、手元だけのスタンドで、やはり部屋の中は暗い。スタンドの火影《ほかげ》の外に溜息《ためいき》を落とした。家の中は森閑《しんかん》としている。自室に籠《こも》ったまま出てこない隆、気まずい家の中の空気に鬱々《うつうつ》として、やはり自室に籠ったままの直樹と典子。

――何からお話ししたらいいのか分かりません。

話すべきなのかどうかも分からない。

——これは呪《のろ》いです。この家にかけられた。

突然、咳《せ》きこんで飛び起きた寝苦しい夏の夜。ものの焦《こ》げる臭《にお》いと、火のはぜる音。廊下に出ると、両親の部屋のある奥が明るかった。

火事だ、とはすぐに分かった。あわてて中庭に飛び降りたけれども、すぐに家族のことが心配になった。両親は起きただろうか。兄は、妹は。心配だったが再び家の中に飛びこむ勇気はなかった。中庭を寝巻きに裸足《はだし》のまま走り、両親の部屋のほうへ向かった。向かうにつれ、煙も火も強くなった。そちらが火元なのだとは分かった。

全部、燃えてしまう。——家も家具もなにもかも。

庭伝いに両親の部屋の前まで行った。部屋の中は明るかった。開け放された雨戸の内、障子《しょうじ》は夏建具《たてぐ》、しかもそれも開け放ってある。中をのぞきこんでその場に凍《こお》りついた。

両親の部屋は三間の続き座敷、書院の奥に小さな控《ひか》えの間を挟《はさ》んで仏間《ぶつま》がある。夏の間はそれらの襖《ふすま》を取り払い、よしずに替えて一間として使う。——その仏間はすでに炎の壁に仕切られていた。仏間には人影がひとつ。それは炎に包まれて、かろうじて人がうずくまっていると分かるばかりだ。

その手前、ちょうど控えの間と仏間の間の広縁《ひろえん》側の柱にもたれるようにして座ったふたつの人影もすでに炎が舐《な》めている。書院側のよしずはすでに火の垂れ幕だった。噴き出してくる煙は黒ずみ、あたりには灯油の臭いがしていた。

助けにいこうと反射的に思って、広縁に飛び上がったのは覚えている。踏みこもうとして足をとめた。それもはっきりと覚えている。

落ちてずたずたになった蚊帳《かや》、血を吸った夜具。仏間へと続く、なにかを引きずったような血の跡。

――そして記憶は途切れる。我に返ったとき、美紀子は人垣《ひとがき》の中で由岐絵と肩を寄せ合って家が燃えるのを見ていた。胸には文箱をひとつ抱いていた。それをいつ、どうやって持ち出したのかは覚えていない。それは書院の地板《じいた》の上にいつも置かれていたものだ。広縁に上がった自分は、手近にあったそれをとっさに持って逃げたのだろうか。

思い返せば、美紀子はずっと、全部燃えてしまう、と狼狽《ろうばい》していた。大切にしていたものも、記念の品も、思い出も、一切合切《いっさいがっさい》。なにか持ち出さないと、と焦《あせ》っていたような記憶がある。それで目についたものをとっさに持って出たのかもしれない。

母屋《おもや》の半分を燃やしてようやく消火され、周囲の人たちが両親と兄の姿がないのに気づいて騒ぎ始めた。美紀子は言葉がなかった。――炙《あぶ》られる人影は三人分、けれども美紀子は顔を見たわけではない。それが本当に両親と兄だったのか確認したわけではない。

だが、焼け跡からは三人の死体が運び出された。兄が両親を殺して死んだのだと聞かされたのは翌日のことだ。――またか、と村人は言った。

美紀子もその意味を知っていたし、きっと由岐絵も知っていただろう。美紀子の伯父《お》は、祖母と死んだ。事故だと言われていたが、無理心中だったと噂《うわさ》されていた。それを美紀子は知っていたし、その前もさらにその前もそうだったことは、狭《せま》い集落の公然の秘密だった。誰ひとり、面と向かって口にはしなかったが、美紀子はよく分かっていた。菅田の家では代々、親殺しが続いていたことを。

伯父《じ》は十七だった。兄も十七だった。――後《のち》に過去帳で、代々ずっと十七だったことを知った。

菅田の家の長男は十七で母親を殺して死ぬ。

美紀子は万年筆を持ったまま、顔を覆《おお》った。すでに菅田の家の者は美紀子と由岐絵だけになった。母方の叔母に引き取られ、村を出て学校に行き、都会に働きに出、芳高にめぐり会い――しかし、一度もそれは脳裏《のうり》を離れなかった。結婚するときに迷い、子供を身籠《みごも》った時にはなお迷った。

大丈夫なはずだ、自分はもう菅田美紀子ではないのだから、――そう自分に言いきかせながら、ずっと恐れ続けてきた。ずっと考えてきた。この呪縛《じゅばく》から逃《のが》れる方法はないものか。

――そして美紀子の手に、ある日妹の子供がゆだねられたのだ。

生後二か月、生まれたばかりの従兄弟《いとこ》同士。ともに男で、生まれ月も半月しか変わらない。美紀子は世話をするたび、しみじみと見比べざるを得なかった。よく似た面《おも》差《ざ》しの双子《ふたご》のような赤ん坊だった。どちらも肌には黒子《ほくろ》ひとつなく、目印になるようなものは見あたらなかった。夫でさえ、何度も二人を呼び間違え、美紀子も時にどちらが隆でしょう、と訊いたりもした。芳高は二度に一度しか当てられなかった。

――それで、魔がさした。

子供をすり替えても、分からないかもしれない。この時期の子供はおどろくような勢いで成長する。久しぶりに見た子供の面差しが多少変わった気がしても、それを疑問には思わないだろう、ふたりを並べて見せさえしなければ。

すり替えてしまえば、自分の子供は呪詛の手を逃れられるかもしれない。美紀子の産んだ菅田本家の長男は、本家の長男でなくなるのだから。少なくともこれまで、本家以外にこの呪詛が及んだためしはない。

美紀子はすでに菅田の家を捨てたつもりだが、本来ならば婿《むこ》をとって家を継がなければならない。まぎれもなく本家の女だ。本家の母親が分家の長男を育て、分家の母親が本家の長男を育てる。それで助かるかもしれない。――助かるはずだ。

その時にはそれしか考えられなかった。震える手で、産着《うぶぎ》を着せ替えた。通りかかった芳高に、どちらが隆でしょう、と尋ねた。夫は産着から、迷わずに由岐絵の子供を──直樹を示した。その朝、間違えたばかりだったから。

結局、由岐絵が戻ってくるまでには三月《みつき》かかった。その頃には顔立ちにも個性が表れて、芳高も間違えるようなことはなかったけれど、芳高も由岐絵も、由岐絵の夫である弘幸も、美紀子の欺瞞《ぎまん》を見破ることはできなかった──。

「由岐絵……ごめんね」

美紀子は泣き崩《くず》れる。もう泣くまいと思ったのに、涙はいくらでも出てきた。これは罰《ばつ》かもしれない。逃れたはずの呪詛は追ってきた。隆の──由岐絵の子供のうえに。殺されるのは由岐絵ではなく美紀子だ。

隆は美紀子を殺そうとするだろう。きっとそうする。けれども、そんなことはさせられない。命が惜《お》しいのではない。隆が怖いわけでもない。美紀子は隆が可愛《かわい》いのだ。

美紀子は隆が愛《いと》しかった。実の子ではなくとも、この世にたったひとりの妹の子供だ。ましてや、乳飲み子《ちのみご》の頃からこの手で育てた息子に情が移らないはずがない。ならばやはり、血のつながりはどうであれ、菅田の長男は隆でしかないのかもしれない。

隆を──隆だけは母殺しにできない。隆を人殺しにしないための方策はひとつ、隆が美紀子を殺す前に、美紀子が死んでしまえばいいのだ。母親を殺して裁《さば》かれることを思えば、母親の自殺がなにほどのことだろう。

美紀子は万年筆を改めて握る。

——私は逝《い》きます。隆の手を罪で汚さぬうちに。

そう、書きつけ、菅田の家を運命づけた呪詛について書いた。

なにも残さずにおこうかと思った。そのために、なにもかもを処分した。親殺しの血筋など、誰が知りたいと思うだろう。それでもどうしても処分できなかったのが、写真と過去帳だった。誰にも美紀子の逝く理由を知られたくはなく、同時に、隆と直樹にだけは知っておいてほしい気がした。

すでに心は定まっている。それでもなお、美紀子は怖い。

隆は本当に呪詛を逃れられるだろうか。まさか由岐絵を——実の母親を殺したりはしないだろうか。直樹はどうだろう。美紀子が死ねば、それで菅田家は断絶したことになるだろうか。まさか呪いは由岐絵の家を——最後の菅田の家を襲いはしないだろうか。だとしたら、直樹もまた由岐絵を襲うかもしれず、同時に隆が由岐絵を襲うかもしれない。

隆の母親は由岐絵だろうか、美紀子だろうか。——直樹は？

迷ったすえに美紀子は綴る。

——たとえ私が死んだにしても、それで呪詛が終わる保証はどこにもありません。

由岐絵こそが最後の菅田の者なのかもしれません。

知らせる必要のないことだ。隆も直樹も、美紀子の罪など知りたくなんかないだろう。由岐絵にしても弘幸にしても、いまさら実の子は隆だと知って、それで気持ちを切り替えられるはずもない。——それともこれは、美紀子の卑怯《ひきょう》な思いこみだろうか。

迷ったが書かないことにした。ふと、隆が本当に典子と一緒になる日がきたらどうしようか、それが頭をかすめたが、ひとつ頭を振って払い落とした。

そんなことは問題ではない。

菅田の長男は十八まで生きることができなかった。それが一番の問題なのだ。

隆を生かすために美紀子は逝くのだ。生き延びてくれれば、それ以外のことは本当に小さな問題にすぎない。

——直樹さん、どうぞあなたは、心を強く持ってください。決して呪詛に呑《の》まれないよう。

そして、と美紀子は指に力をこめる。

——どうぞ、隆を助けてください。

助ける術《すべ》など、美紀子にも分からない。それでも。

——後生《ごしょう》です。どうか隆を、助けてやってください。

直樹は手紙を一読し、もう一度目でたどった。どこにも子供をすり替えたなどという告白はない。ただ、直樹にも注意せよと、隆を頼むと、それだけが宗和《むねかず》伯父の事件、これまでの経緯とともに書いてあった。

手紙から目を上げ、自分のほうを不安そうに見ている隆に便箋を差しだした。隆はこれを知る必要がある。

「……お前にやる」

言って手紙を渡し、窓の外を見た。背中で手紙をめくる静かな音がし、やがて──隆が畳に突き伏した。

直樹は乱暴に袖《そで》で顔を拭《ぬぐ》う。

──やはりそうだったのだ。伯母は隆のためにあの惨《むご》い死にざまを選んだのだ。

息子を助けるためには自ら死を選ぶ。おそらくはその一念で子供を取り替えもする。死に臨《のぞ》んでなお、それを告白しなかったのは、保身のためだろうか、それとも直樹や隆の心情を慮《おもんぱか》ってのことだろうか。

美紀子は班女《はんじょ》だ。情に追いつめられ、どこか狂った。

死ぬ必要などない。子供を取り替える必要などない。自分を守るためだけにならば、美紀子はそもそも子供を——直樹を、捨てるだけでよかったのだ。

部屋の隅《すみ》でうずくまっていた三代が悲しげに鳴いて、畳に身を伏せた隆の側《そば》に歩み寄った。激しく上下を繰り返す肩に額《ひたい》を擦《こす》りつけ、か細い鳴き声を漏らす。直樹にはこの年老いた雌猫《めすねこ》が、伯母の化身《けしん》に見えて仕方なかった。

「——あの女がなぜ菅田の家を呪うのか、知らなきゃいけない。僕は、諦めるわけにも、流されるわけにもいかない」

隆は膝の上の三代を抱く。昼下がりの風が入って小さな部屋を緑の香りで満たした。

「僕には生きる義務がある。笑う義務がある。——母さんが自分の命で贖《あがな》った、唯一《ゆいいつ》無二《むに》の絶対的な義務だ」

直樹は深く頷いた。

「手がかりは過去帳の中にあるはずなんだ」

直樹が差し出したレポート用紙を隆が繰《く》る。

「初代が菅田豊仲《とよなか》——永禄《えいろく》十三年、つまり、一五七〇年の生まれ。死んだのが、元和《げんな》四年、一六一八年。ということは、いまの数え方でいうと……四十八歳」

「呪詛が始まったのは、九代目だぜ」

「そんなの、わかってる。手がかりを探してるんじゃないか」

隆に窘《たしな》められ、直樹は首を竦《すく》める。

「名字《みょうじ》があって、名前が豊仲。武士っぽいね」

「……そういや、そうだな」

隆が小さく、そっか、と呟いた。

「一五七〇年の生まれだったら、天下統一の戦乱の最中だよ。豊仲が初代だということは、このへんで十分になったんだな」

なるほど、と納得《なっとく》し、直樹は文箱で見つけたノートのほうを繰る。

「最初に十七で死んだのが九代目、『規近《のりちか》』の長男で『吉《きち》』。次いで十三下の『長近《ながちか》』が十七で死んでる。このときは両親も一緒だ」

「……変だな」

「そう思うか？」

隆は見返し、軽く頷く。

「うん……。吉が呪詛で死んだんだったら、母親も一緒に死んでないと。このときは吉だけなんだろ？」

「この母親は後妻かもしれんけどな」

「……それはそうなんだけど。――もうひとつ変なのは名前だよ。『吉』だろ。次男は『長近』、いかにも武士らしい名前じゃない。それに対して長男が『吉』。ふつう家を継ぐのは長男だろ。だったら逆が本当じゃない？」

「それはそうかもなあ」

「……あ」

隆はふと目を細めた。なにかを思い出す表情で。

「雨が降ってる……木の下には女がいる」

「お前も視《み》たのか？　あれ」

「直樹も？」

「ああ。……あの子供が恐らくは吉だ。女があいつ。すると、あの木の下にいたのは」

「うん」

「あのすげーオバサン。あいつがこれ。『よし』だ、きっと」

「家を継ぐ長男がいないんで無理矢理わき腹の子供を連れてくる。ところが、何年かして次男が生まれる」

「……なにがあったのか想像つくわな。吉は改名もしてない。十七だぜ？　普通だったら元服《げんぷく》してる年じゃねえの？　元服して名前が変わる。それが変わってないということは」

「わき腹の子供なんて問題外だったわけだね」

「……養子を迎えた後で生まれた、待望の男子が次男の長近。これが十七で両親と一緒に死んでいる」

「呪詛が働き始めたのがこの次男からだと思って間違いない」

直樹は隆と頷き合った。

「問題は、だ。どうやってこの呪詛を解《と》くかってことなんだよな」

「うん……」

直樹は畳に寝そべり、天井《てんじょう》を睨んだ。

「普通、恨《うら》みを解くっていったら、墓《はか》を建てたりして供養《くよう》すんだよな」

「……そうだね」

「ところがだ、供養しようにも俺たちにはあの女の名前も素性《すじょう》も分からんときてる。名前も分からず、素性も分からずで坊さんが供養してくれっかな」

「……さあ。それに、そんな供養で浮かばれるかな、あの人が」

「だよな」

「吉を……」

直樹は溜息をついた。

隆が呟いた。

「吉を、あの人に返してやる方法はないだろうか……」

「返すって、どうやって」

「だから、その方法。たとえば……お骨《こつ》を返すとか」

「名案――じゃねえよなぁ。どうやって返してやるんだ？　墓の中に入れるのが一番手っ取り早いけどさ、女の墓なんてどこにあんだ？」

「……それは、そうなんだけど」

直樹は考えこみ、ふと立ち上がる。問い返すように見あげた隆を軽く蹴飛《けと》ばしてやった。

「準備しろ。出かけっぞ」

「――？　どこへ？」

「田舎《いなか》。墓のあったとこだ。どうしたらいいのか分かんねーんだ、とにかく動くしかないだろ。吉の骨をあの女に突きつけてやろう。どうせ、あいつはまた来るに決まってんだ。とにかくなんとかしねえとよ。俺はお前と心中なんか真っ平だからな」

「……ちょっと、待って」

隆は直樹の右手を引く。

「菅田家の墓なら……こっちにあるよ」

「――へ？」

「改葬したんだ、十年くらい前」

直樹は隆をきょとんと見返し、それから勢いこんで歩き始める。

「直樹？」

「行こうぜ。そこへ」

「……陽《ひ》が落ちるよ」

不安そうな隆を直樹は促す。

「だからさ。どうせあの女は今夜も来る。それだけは絶対に間違いねえ。だったら、先手先手に動こうぜ。一分でも早いほうがいいに決まってる」

4

家を抜け出し、陽の陰《かげ》り始めた山道を急ぐ。なにを思ったのか三代が、忠犬のように後をついてきた。

菅田家の墓は、家から歩いて十五分ほどの山の中にあった。墓地というほどの広さはない、墓石がいくつか集まった、ただそれだけの場所だった。ここはそもそも、久賀家の墓所であったらしい。田舎では墓地というものは特になく、自家の田圃《たんぼ》や山の中に墓を建てて済ますこともあるのだと聞いて、直樹は少なからず驚いてしまった。

雑木林の真ん中に、ぽつんと開けた円い敷地。そこに大小いくつかの墓石だけが立っている。春に芽《め》吹《ぶ》いた草はすっかり丈高くなっていた。

隆はまっすぐ黒い石の墓に向かう。黒御《くろみ》影《かげ》の表面にふたりの影が映った。

「──これ」

黒い艶《つや》やかな表面に『菅田家代々墓』と読める。

「これだけか？」

「そう。お骨は全部引き上げて、この中に入れたって聞いてる」

「よし」

頷いて直樹は墓の後ろにまわる。一段高くなった墓の背後に、取っ手のついた蓋《ふた》があった。

「やるぞ」

「……うん」

ふたりがかりで取っ手を引っ張る。重い手ごたえで蓋が抜けた。三代はどこへも行かず、その風景を眺めている。

左手を使えず不自由しながらかなり重い蓋を地面に置いて、中を見回してみる。人がひとり、屈《かが》みこんでやっとの狭い空間に小さな壺《つぼ》がいくつも積みあげてあった。

「俺が入る。確認、頼むぜ」

「うん」

直樹は中に潜《もぐ》りこんだ。淀《よど》んだ湿気の強い臭いがする。手近の一個を取って、外の隆に渡した。隆が壺を改める。

「字が書いてあるけど……読めないな、薄くて……一番上は『長』かな」

「長近？」

「三文字だ。長近じゃない」

言いながら降は、過去帳を繰る。

「これからすると……十一代目の長男、『長太郎《ちょうたろう》』かその兄弟だと思う」

言わせも果てず、直樹は再び壺を取り出す。隆がそれを受け取り、名前を確認していった。取りだした骨壺を付近の地面に並べていく。汗みずくになって身体中をギシギシいわせて、ふたりはその作業に没頭した。

「ないよ……」

呆然《ぼうぜん》と隆が声をあげる。無理な姿勢を続けたせいで直樹も隆も肩で息をしていた。

菅田家の墓守《はかもり》は代々躾《しつけ》が良かったようだ。骨壺には全て、名前と戒名《かいみょう》、命日を書いた札のようなものが張られていた。だがしかし、すでに墓穴の中に残った骨壺はひとつ。それには札がなく、それ以外の物は名前を改め終わって墓の外に並んでいる。

「いままであった中で一番古いのは？」

「良正《よしまさ》。十代目」

「良正の長男は……」

「忠正《ただまさ》。忠正のも、その時一緒に死んだ人間のもなかったよ。それ以後のものは全部揃《そろ》ってる」

「残ったのは？」

「……なんでないんだよ……。ぜんぜん数が足りねえじゃないか」

隆に促され、直樹は最後のひとつを手に取る。異様に重いのに気づき、おそるおそる蓋を開けてみた。

「……あ……」

のぞきこんで、ふたり揃って声をあげる。

中には壺の半分までに、ただ、小石だけが詰まっていた。

「……どういうまじないなんだ、これは」

隆は包帯も白い左の手を額に当てた。呻《うめ》くように顔を背《そむ》ける。

「……前に一度、近所の家の改葬を手伝ったことがある……」

「それで？」

「古い土葬の墓を開けた……中には骨なんかなかった」

「土葬なんだろ？」

「骨だって腐《くさ》るんだよ。古いものはなに一つ残ってなかった。とくに……酸性土だと腐食《ふしょく》が早いって聞いてる。もともと墓があった山梨は、火山地帯なんだから……もちろん酸性土なんだよ」

「それとこれとがどう関係すんだよ」

「だから……」

隆は深い眼差《まなざ》しを壺の中の小石に向けた。

「骨がないからといって、なにもせずに墓をつぶしてしまえないだろ？　だから……あの時は墓の中の土を取って、それを骨の代わりに改葬した。——これはそういうことだと思う」

「土じゃなくて……小石を骨の代わりにしたって？」

隆は頷く。

「直樹、駄目《だめ》だ……。吉の骨はない。このうちのどれかが吉の墓から拾われた可能性はあるけど、どれだか知る方法なんてない」

直樹は万策《ばんさく》つきたことを知った。女の素性は分からない。吉の骨は存在しない。自分たちにできることは、もはや残っていないのだ。

直樹は失望して息をつく。それから頭をひとつ振って、猛然《もうぜん》と壺を墓の中に戻しはじめた。

「……直樹」

「急ごう。家に戻るんだ。じきに陽が落ちる。こんなところであの女が現れたら、どうしようもない」

林に囲まれた墓地には、すでに薄い闇《やみ》が落ち始めている。見上げると空は薄い茜《あかね》色、山の端《は》にかかった部分は早くも紺青《こんじょう》をしている。ふたりはことのほか時間を使ってしまったことを悟《さと》った。あわてて壺を戻す。

手を動かしながら、隆が問う。

「直樹」

呼ぶだけで意図は通じた。どうするのか、と訊いている。諦めるしかないのだろうかと問うている。

「──俺たちでどうにもならないんだったら、他人の力に頼るまでさ」

「……？」

「霊能者、拝《おが》み屋、悪霊退治を看板にあげてる連中なら、いくらでもいるだろうが。あの女を撃退するまで渡り歩いてみるさ」

隆は直樹の横顔を見、それから微かに頷いた。──その時だった。

側を離れなかった三代が、突然激しい威嚇《いかく》音を発した。同時に周囲で、ふいに草をざわめかす音がする。広くはない墓所を囲んだ雑木林の下生《したば》えが、いっせいに音をたてた。

直樹も隆も、あわてて身を起こす。周囲を忙しく見渡した。あちらこちらの下生えが、かき分けられるように揺れた。

無数の動物に囲まれた気分だった。墓地はすでに暗い。墓地をとりまいた林の中はいっそう暗く、濃《こ》い里の梢《こずえ》と繁茂《はんも》した下生えの間には正体不明の薄闇《うすやみ》が口をあけている。その草むらの中に潜《ひそ》んだ何か。それが四方八方から墓地へと向かって押しよせてくる。

肩を寄せ合い、墓を背にして立ちあがった。三代は唸《うな》る。その目は一方だけを睨んでいた。

「……奴だと思うか？」

「骨壺をいじられて、ご先祖さんが怒ったんじゃなければね」

「余裕《よゆう》あんじゃねーか」

「居直ってる」

時は逢魔《おうま》が刻《とき》。墓地の端々を見渡したところで心許《こころもと》ない。あちらこちらの草むらがいっせいに音をたて激しく揺らぐ。

「三代が見てるほうが本物だ。惑《まど》わされてビビるなよ」

「分かってる」

ふたりは三代が睨んだほうとは反対側へ、そろそろと足を動かし始める。三代が睨んだのは墓所の入り口、無論、反対側に出口はない。

「……どうする、隆」

「林に突っこめば、来た道に出られるけど」

「それで行こうや」

言うなり直樹は身を翻《ひるがえ》した。隆が、三代、と短く呼んで後に続く。

草をかき分け、墓を突き倒すように避けながら、林に向かって突っこんだ。林の中の薄闇、下生えの草は高く濃い。足元を見定められない草の中を走るのは、ただそれだけで不安だった。足を降ろしたそこに何があるか分からない――。

木立を避けて闇雲に斜面を駆け登る。正しい方向に駆けているのかさえ自信がなかった。

「三代！」

隆が呼ぶ。それに応える物音は、直樹たちの周りのどこからもしなかった。

「三代！」

隆がもう一度呼ぶ。足がとまり振り向く。直樹はそれを振り返りながら、傾斜を深めた山肌に足をかけた。

「三代が俺たちより遅いわけない！　とにかく走れ！」

直樹の声に応えるようなタイミングで、背後の下生えが大きく鳴った。

もちろん、猫が駆けてくるような生易《なまやさ》しい音ではない。まるで巨大な獣《けもの》が突進してくるようだと思った。繁茂した草が揺れ、波のように押しよせてきたが近づいてくるものは見えない。

黄昏《たそがれ》た林の中はひどく視野が曖昧《あいまい》で、見えそうで見えない苛立《いらだ》たしさがよけいに不安を押しあげた。

走って逃げることに意味があるのか、分からない。追ってくる者に捕まることが何を意味するのか分からない。先に何があるのか、何かが待ち受けていないか、それすらも分からなかったが、立ちどまることは本能的にできない。追ってくるのは恐怖だ。だから逃げないでいられない。

斜面を登ろうと目の前の木の幹《みき》に手を伸ばした。木肌を摑《つか》みかけて直樹は愕然《がくぜん》とする。自分の右手は骨壺を抱いたままだった。

「くそ！」

重さからみて、小石の入った壺だろう。こんなものを抱えて走れない。地に置こうとそれを思い、背後の音でそれをする暇《いとま》さえないことを悟る。投げ出すことはできない気がした。

ひどく狼狽して骨壺を持てあます。その手から隆が壺を取りあげた。

「……隆！」

「走って！　木立を抜けたら崖《がけ》だ、気をつけて！」

言いながら自分も走る。すでにその表情は薄闇に紛れて見とれない。

木立を伝って斜面を駆け登ると、すぐに明かりが見えた。梢の間にわずかに開けた明るい空間へ必死で走る。切れ目の幹に飛びつき、低い崖を確認すると一気に跳《と》び降りた。

林の外はぽかんとするほど明るかった。目測を誤って道に転《ころ》がり、左腕をしたたか痛めた。後ろを確認するまでもなく、脇に隆が跳び降りてくる。すぐ後に続いて茶色の毛玉も飛び出してきた。それきりはたと物音は止んで、互いの呼吸の音ばかりがせわしない。

地に降り立った三代は、ペタンと寝そべると毛並みを舐めにかかった。その仕草《しぐさ》で、追ってくるものが消失したことを、ふたりは知った。

5

谷間の里に夜の帳《とばり》が降りる。

結局持ち帰ってしまった骨壺を隆の部屋に隠《かく》し、ふたりは何事もなかったかのようにその日の夕餉《ゆうげ》に参加した。

父親は翌日典子を伴《ともな》って戻るという。典子は不服《ふふく》そうなそぶりを見せたが、やむを得ないところだろう。由岐絵は当座残ることに決めたらしい。ふたりは直樹にどうするかと訊いてきた。訊くということ自体、残ってもいいのだと暗に告げている。

もちろん両親には分かっているのだ。直樹と隆はいま、ひとつの運命を共有しているのだと。直樹は即答した。こんな状態で帰れない。自分たちにとっては、まだなにひとつ終わっていないに等しいのだ。隆がただ、すまなそうに頭を下げた。

「叔父さんたちにも典ちゃんにも、本当に迷惑をかけてしまったな」

隆は枕に顎《あご》をのせて呟く。隆の部屋に引きずりこんだ布団《ふとん》の上で、直樹は持ってきてしまった素焼きの壺をいじっている。両親や典子の手前、布団は延べてみたものの、眠れないことは分かりきっていた。げんに直樹もそして隆も、服を着替えることすらしていない。

「……隆が一番迷惑を被《こうむ》ってんだろ」

「僕が？」

隆は三代を撫《な》でていた手をとめる。

「お前のせいじゃないだろうが。そういう言い方をするなって」

直樹の台詞《せりふ》に薄く微笑《わら》って、隆はまた三代を撫でる。ぽつり、と声を落とした。

「……来るだろうね」

誰が、とは直樹も訊かない。

常には決して引かない雨戸を、今夜はぴったりと引いていた。固く鍵《かぎ》をかけ、障子も閉めてしまっていた。ふたりして部屋に立て籠り、静かに時を待っている。

「この中の、どれが吉だか分かればな……」

直樹は壺を揺する。綺麗《きれい》に洗われ納められていた小石が、壺の中でカラカラ音をたてた。

すでに策はつきている。明日は霊能者とやらを探しに出かけてみるとして、この夜を孤立無援《こりつむえん》のまま乗り切らなくてはならないのだ。ひとりではなくふたりだということが彼らを安堵させてはいたが、あの女が現れればそんなものは消し飛ぶと、直樹も隆も分かっている。

遅々として時は流れる。無駄《むだ》な軽口をことさらのように叩《たた》き合いながら、ふたりはじっと時を待った。

三代が例によって唸り声をあげたのは、ぴったり二時になってからだった。

身じろぎしたふたりの前で三代はただ、堅く閉ざされた障子を睨んだ。

直樹も隆も、じっと三代の様子を見つめる。部屋の明かりは消してない。白々とした灯火に照らされて陰影の淀む場所はなく、家具の端々、部屋の隅々まで輪郭《りんかく》は明らか、夜具のカバー、畳の色までが明るい。その中で、三代だけが毛並みを逆立《さかだ》て異常な事態を訴えていた。

直樹は障子を凝視《ぎょうし》する。女は外から来ると妙な確信があった。

まさしくその窓のほうからトンと軽い音がして、ふたりは同時に身を竦めた。

いくつか続いては、ためらうように途切れる、そっと雨戸を叩く音。誰かが入れてくれと訴えているような。

三代の声は止まない。爪を畳に喰《く》いこませ、身体を曲げたまま喉《のど》を鳴らす。直樹と隆はいつの間にか身を寄せ合い、ただ黙《だま》って窓のほうを凝視している。

雨戸を叩く音は徐々に強くなっていく。苛立つように高くなり、それはやがて障子を震わせるほどになった。

ドンッと耳を聾《ろう》すほどに鳴り、唐突にやむ。しんとした静寂《せいじゃく》が戻った。

直樹がホッと息をついたと同時に、今度はコンと硝子《ガラス》が鳴った。

三代がわずかに後退《あとずさ》った。直樹も隆も身を竦める。誰かが硝子を叩いている。きっちりと雨戸が引かれたはずの窓硝子を。

「直樹……」

窓を示した隆に直樹は頷く。

誰かはせわしなく硝子を叩く。硬質の音を高く鳴らして、硝子を割るほどに震わせて、雨戸のときと同じようにはたと止んだ。

再び降りる、耳鳴りがするような静寂。

パタと音がして今度は縁側の障子が鳴った。もはや直樹は驚かない。閉ざされた雨戸を越え施錠《せじょう》された窓を越えた者が、障子にまでたどり着いた、それだけのことだ。

苛立たしげに障子を叩き、その音は三度《みたび》止んだ。

息を詰める。隆の息づかいが聞こえた。いつの間にかせりあがって激しく鳴る自分の鼓動《こどう》と。ただ黙って障子を見ている。次の行為を待っている。待つしか他にできることがない。

わずかに部屋の明かりの光度が下がった、そんな気がした。

ぷつ……と本当に微かな音がした。直樹には一瞬音の出所が分からず、徒《いたずら》に視線をさまよわせる。小さく隆が喉の奥で声をあげ、その視線を追って直樹もまた声をあげた。

障子を突き破って細い指が蠢《うごめ》いていた。指先だけを出したそれは、空《くう》を掻《か》き毟《むし》るように蠢いて徐々に障子を突き破ってくる。

訪れる者と待ち受ける者と、その均衡《きんこう》を断ち切るように三代が跳びあがった。障子を破る指に向かって飛びつくと、鋭利《えいり》な爪《つめ》をガッチリとかける。指は暴れるように蠢き、そのはずみで掌《てのひら》までが紙を破って現れた。

三代は爪をはずし、床《ゆか》に降り立つとさらに毛を逆立てて身構える。

手首までを現した手がふと引っこんだ。白い障子に円い穴だけが残る。穴の中はただ暗い。雨戸と障子に挟まれた細長い空間に閉じこめられた薄暮《はくぼ》の色。直樹はその穴から視線を逸らすことができない。気がつくと、膝立ちになって隆の肩を摑んでいた。

部屋の明かりはさらに暗くなった気がする。

障子を睨んでいた三代が、唐突に向きを変えた。跳《は》ねるように振り返り、直樹と隆の背後を睨む。

背中のほうで微かになにかの音がした。直樹は弾《はじ》かれたように振り返る。振り返らずにはおれない。硬直した首を曲げ、背筋を捻《ひね》って背後を見た。とたんに呻き、身を退《さ》がらせる。

部屋の隅に女の手首が生えていた。畳の色は暖かみを帯びた柳茶《やなぎちゃ》、そこに生えた手首の色は造りもののように白く血色を欠く。無機物のぬくもりと、まさしく女のものにしか見えないふっくりとした手の冷血と、そのコントラストの喩《たと》えようのない違和感。

白蠟《はくろう》の手は宙を掻くように指先を蠢かしながら、手首の上までを畳から生やして、ふたりのほうへ進んでくる。まるで水面から手の先だけが突き出たようだった。女の身体は水面下を進んでくる、そう思えてならなかったが、同時にそれは切断された手首が動いているようにも見えた。それが動いた後には蛞蝓《かたつむり》の残す粘液の跡のように血の跡がついていたので。

直樹はあやうく悲鳴をあげそうになり、そんな自分を恥じて女を恨んだ。

——なぜこんな、馬鹿馬鹿《ばかばか》しい。

直樹は女の姿を求めて首をめぐらせる。

「姿を現せよ」

「雨戸なんか閉めたって無駄だって言いたいんだろ⁉　遊んでないで出てこいよ‼」

怒鳴《どな》った直樹の肩に、なにかがぽとりと落ちてきた。手で払い除《の》け天井に視線をくれる。その視野を横切って、白いものが隆に落ちた。隆も怪訝そうに自分の襟首《えりくび》に落ちたものを払った。

その動作で直樹は見てしまった。隆の首の後ろに落ちた白いものは、まぎれもなく人間の指だった。声をあげる間もなく、直樹の頭に硬いものが落ちかかる。あられもなく身をよじって、思わず直樹は立ち上がった。直樹の上に落ちたものを見、隆が叫び声をあげる。

払い落としたその指は付け根から切断されたまま芋虫《いもむし》のように蠢いて、ささくれた切り口から点々と血を流した。

畳に生えた女の手首と、布団の上に散らばった指から逃げて窓際に寄る。三代でさえもが、怖《お》じけたように身を竦め、部屋の隅に逃げこんでしまった。

「ふざけるなよ」

直樹は這《は》ってきた手をよけて後退り、障子に突き当たった。

「趣味の悪い遊びをしてんじゃねえ」

口では悪態をつきながら、その実、首筋まで粟立《あわだ》っているのを自覚していた。追ってくる手を跳ぶようにして躱《かわ》す。脅《おど》しにすぎない、と決めてかかっても、それを無視することは不可能だった。

何かを掴むようにして閉じた指先を躱すと、もう退路がなかった。背中にしなる、障子の桟《さん》の感触。

そのときふっと明かりが消えた。

とっさにあがった隆の声と直樹自身の声。雨戸を引いた室内は、肩を触れた隆でさえ判然としないほど暗い。

荒い息を繰り返し、足元の気配を探る。ほんのわずか何かが触れた感触がしないかどうか。

ひたすら闇に目が慣れるのを待つ。ようやく隣にいる隆の、ほのかに白い顔が見えたその時に、激しい音とともになにかが直樹の頰《ほお》をかすめた。

白い手だった。細い二本の腕が背後の障子から突き出され、隆の首に巻きついていた。

ふっと背に当たった障子の気配が消え、わずかに傾《かたむ》いていた体重が支えをなくして後ろに引き寄せられる。隆もろとも障子と重なり後ろざまに倒れ、それと同時に縁側から煌々《こうこう》とした光が差し入った。

縁側の窓は開いていた。引いたはずの雨戸もなかった。蒼い燐光《りんこう》に満たされた庭を、起き上がりながら直樹は見る。

縁側の縁《ふち》から首だけをのぞかせた女がいた。その両手は隆の首に巻きつき、庭に向けて引きずって行こうとしている。

「隆……！」

三代と直樹とが同時にその手に摑みかかった。氷のように冷たい、硬い手ごたえのそれを引き剝《は》がしにかかる。あっけないほどたやすく女の手は外《はず》れ、隆が身をよじって激しく咳きこんだ。その身体を直樹は引き起こす。窓辺を離れて笑っている女を見あげた。

家のどこかで人が走る音がした。直樹はそれを聞きながら、少しも助けだとは思えなかった。ただ庭に立つ女を見据える。嘲《あざけ》るように笑っている顔を睨んだ。

「いい加減にしろよ……」

すごむ直樹の低い声に、女はただただ笑う。

「そんなに俺たちが憎《にく》いか。二百年間殺し続けて、それでもまだ憎いのかよ⁉」

女は笑う。ただ口を開き、口角を上げて笑う。

廊下を走る音が近づいて、襖を叩く音がした。おそらくは開かないのだろう、声が入り乱れて中の直樹たちを呼ぶ。

隆は走り、襖を開けようとする。引っ張り揺すり、襖を叩く。その仕草が、襖は開かないと直樹に告げていた。

直樹は視線を返し、女を睨む。女はひたすら嘲笑《ちようしよう》する。

「笑ってんじゃねぇ。さっさと消えろよ、吉はあの世で母親を探してるぜ」

直樹が「吉」と言ったとたん、女の笑いが凍りついた。いぶかしむような表情で、幽鬼《ゆうき》の顔を硬く歪《ゆが》める。

「手前《てめえ》の息子は吉だろうが！　いい加減に帰ってやれよ‼」

怒鳴る直樹の脇に隆が立った。その手には壺を持っている。それをまっすぐに差し出し、隆は女を見つめる。

「吉ならここだ。この中にいる」

女は眉《まゆ》を顰《ひそ》めて、そうしてゆるゆると手を伸ばしてきた。差し出された隆の、包帯が巻かれた左手をめがけて。そうしてその手に壺を突きつける。

「貴女《あなた》の息子はこの中で、貴女の手に戻るのを待ってる」

女は壺に一瞬の間だけ目をやって、そうしてさらに手を伸ばした。隆が後退る。直樹は怒鳴った。

「吉はここだ！　連れていけよ！　あんたの息子を連れていけばいいだろう!?」

差し出された女の手に隆は壺をのせる。隆の指が離れると、壺は女の手をすり抜け、落下を開始した。

とっさにだろう、隆が壺を捕まえようとするように腕を伸ばした。その手を女の腕が摑み、そして壺は地に落ちる。踏み石の上に落ち、壺の破片と小石を散らして音高く砕《くだ》けた。

隆は叫びをあげる。女の指は隆の腕に爪を立てる。おそらくは包帯を喰い破り、その下の爛《ただ》れた皮膚を嚙《か》む。

再び、女の顔が笑った。ひたと視線が合う。とたんに直樹の胸の中に去来したもの。微かな悲嘆と記憶の残滓《ざんし》。ふいに立ち竦み、直樹はそのまま動けなくなる。

女は隆の腕を摑んだそのままの状態で、もう一方の手を直樹に伸ばす。搦《から》め取られたように動けなくなった直樹の腕を摑んで爪を立てた。やはり同じく、左の腕を。

激痛に灼《や》かれる。乾いてもいない傷跡に女の爪が立って万力のように締めあげる。貫くような痛みは直樹の理性を剝離《はくり》させた。苦痛に顔を歪めながらふと思った。

……いいじゃないか、もう。こんなに願っているのだから。この人はこんなに自分たちを求めているのだから。一緒に行ってやらなきゃ、可哀想《かわいそう》じゃないか。

「直樹っ！」

隆の声が直樹の耳朶《じだ》を打つ。直樹は無表情に目を向ける。

お前は冷たい奴だ。伯母さんが死んだのを笑ったうえ、このひとまでも見捨てるのか。

女の腕から逃れるように隆は身をよじる。同時に片手を直樹に伸ばした。

「直樹！　駄目だ、しっかりしろっ！」

直樹はいぶかしい気分で隆の必死な顔を見た。左の手が熱い。握られた場所からひどく熱い痛みが流れこんでくる。

これは心の、痛みだ。――直樹の、そして、母親の。萱田に裂《さ》かれた無念の傷。いまも血のように恨みを流す――。

隆は摑まれた腕を身をたわめて振りかぶった。

「そんなことをしても無駄だ！　僕は母さんを覚えてる!!」

隆の悲痛な声になにかの意思が浮かび上がりそうになる。女の爪が食いこんできて、覚醒《かくせい》しようとする魂《たましい》を灼いた。

その時だった。

深く身を屈めた隆の胸ポケットから白いものが落ちた。ひらと舞い、音もなく地に落ちる。

直樹はそれを視線で追った。なぜだか目を離せず、無視できなかった。たかが紙片が舞い落ちるのが、腕の痛みを忘れるほどに哀しかった。

……する、と女の手が解けた。

直樹はとたんに我に返る。もう一度隆が落とした白いものに目をやった。夜目にも白いその色。

美紀子の手紙だった。隆はそれを自分の胸に抱いていたのだ。

取り戻そうと身体を伸ばす隆の肩を直樹はとめた。女の目が手紙に注《そそ》がれる。ひたと見据えてそれきり動かない。嫌《いや》がるそぶりの隆を押して退がらせる。そろそろと女から離れた。

女の目は動かない。じっと白く浮かんで見える一通の手紙に捕《と》らわれている。うなだれて手紙を見つめ、やがて悲嘆にくれた表情を浮かべた。

女はわずかに顔を上げ、ほんの一瞬、直樹と隆のほうを見やった。その顔に先ほどまでの表情はもはや跡形もなかった。深く一度瞬《まばた》き、悄然《しょうぜん》と首を垂れ、視線を落とす。

わずかののち、どこからか、直樹の脳裏に静かな声が染み入ってきた。

——菅田の家は鬼の一族のように思っていたが……。

俯いたままの白臘の頬に光るものが伝った。

……そこにも母がいたか……。

女は目を伏せると、踏み石の上に散らばった無数の小石に視線を投げる。ゆっくりと屈みこんで指を間にさまよわす。中からひときわ赤い色の小さな石を拾い上げた。

嫋《じょう》とした声が脳裏に鳴る。

……妾《わたし》にはこれだけでいい。他は墓に戻しておくれ。菅田の者が眠らないでは、また奪われるやも知れぬから。

深い色の目で直樹と隆を見比べた。隆が頷く。直樹もそれに従った。

女は小石を握りこんだ右の手を、袖の中に抱きこむ。頬を寄せるように首を傾け、深く息をこぼした幾許《いくばく》か。——そして、溶け入るように消えていった。

煙が風に消される様を見るようだった。

ふいに風が吹き、冴《さ》えざえとした月光が降る。楓《かえで》がそよいで枝を鳴らした。

背後の、部屋の襖が突然開いた。直樹はそれを振り返る。駆けこんでくる両親と典子の姿が見えた。

隆は庭に降りて膝をつく。ゆっくりと美紀子の手紙を拾い、穏《おだ》やかな手つきで土を払った。

直樹はそれを見、静かに目を閉じる。言うべきことはなにもなかった。ただ瞼《まぶた》の裏に伯母の顔を思い浮かべ、その笑《え》みに微笑《わら》ってやる。

──貴女《あなた》は。

貴女は、隆を守り抜いた。

6

春は逝《ゆ》き、別の季節の声を聞く。運命の春、里を白く染めていた桜は青葉、いまは卯《う》の花《はな》が白い。

美紀子が逝って五七日《ごしちにち》、墓には真っ白な墓標が立った。墓をのぞきこむのは卯の花の群れ。墓所を囲んでいた雑木林は空木《うつぎ》の林だったのだ。白い花がぱたぱたと散る。

そして、雨が降っていた。

雨は白い花弁を溶かしこんで、墓標に当たっては花弁だけを残して流れ落ちた。それで真新しいその墓標は、いやがうえにも白かった。

隆のさした傘が傾く。その傘も卯の花で点々と白く染まっていた。黒地に白のその模様は鈍色《にびいろ》にくすんでしまった風景の中で、妙に鮮《あざ》やかで悲しかった。

直樹も典子も、そして由岐絵も、誰もが言葉のない中で、隆は静かに傘を置く。身を屈めるようにすると身体で雨を防ぎ、胸の下で火を点《とも》した。

濃い緑が鮮やかな線香の束《たば》に火が点《つ》いた。軽く振って炎《ほのお》を消すと、薄い碧《あお》い煙が流れた。それを墓前に立て、隆は火が消えぬよう傘をさしかけて置いてやる。

うなだれて手を合わせた隆の、その半袖のシャツからのぞく左腕には無惨な傷痕《きずあと》が残っている。それは直樹も同様だった。医者はこの傷は一生消えないだろうと言っていた。

それは彼《か》の女《ひと》のための喪章《もしょう》。

十七の春の、葬送の痕跡《こんせき》。

――雨が降る。

白い墓標に白い雨が降る。その前に立ちつくした隆の上にも雨は降った。白い花弁だけを髪に、項《うなじ》に、肩に残して流れていった。

――雨が散る。

エピローグ

十四年ぶりに見る我が子の顔は幼《おさな》い頃の面影を色濃く残して、しかもなお荒《すさ》んだ色が強かった。幸せな暮らしをしているのではないとひと目で知れた。

幸せに暮らしているなら忘れもする。渡してよかったと諦《あきら》めもする。だが、しかし。

女は泣いた。泣いた末に言わずにおれなかった。

——わたしがあなたの母親です。

子供はそれだけで理解した。忘れたはずの母親の顔を奇蹟《きせき》のように思い出していた。

雨の音と、母親の声と。そして自分の腕を握って離さない、悲嘆をこめた指の痛み。

子供の腕にはその指の痕《あと》が、微《かす》かな疵《きず》になって残っていた。

親子は暫《しばら》く抱き合ったあと、互いの境遇を慰《なぐさ》めあった。それは親子の情愛にとって思慕《しぼ》をかきたてるものであったが、同時に菅田の家に対する怨念《おんねん》を陰火《いんか》のように点《とも》す結果になった。

子供は覚えていたが、菅田の家人はすでに女を忘れていた。子供の糾弾《きゅうだん》が家人に女を思い出させた。子供は義父と義母を襲った。襲ったが果たせず、逃げたあげくに喉《のど》を裂《さ》いた。女は首を括《くく》られた。その日も雨が降っていた。

十七をわずかにひと月過ぎていた。

解　説

朝《あさ》宮《みや》運《うん》河《が》（書評家）

　このところ必要あって、日本のホラー小説史をふり返る機会があったのだが、その際あらためて痛感したのは、このジャンルにおける小野不由美《おのふゆみ》の功績の大きさだった。ホラーとミステリーを巧みに融合させた初期の代表作で、現在は「ゴーストハント」の名で知られる「悪霊」シリーズ（一九八九～九二）、神隠しを扱ったモダンホラーにして、ファンタジー巨編「十二国記」誕生の契機となった『魔性の子』（九一）、スティーヴン・キング風の超重量級ホラーに挑み、作者の名を広く知らしめた『屍鬼』（九八）、事故物件怪談の金字塔にして、平成怪談文芸ブームの頂点ともいうべき『残穢《ざんえ》』（二〇一二）、そして現在も継続中の建物怪談連作「営繕かるかや怪異譚」シリーズ（一四～）――。

　こうして代表作を並べてみると、小野不由美がデビュー以来継続して、ホラーの重要作を放っているのがよく分かる。もし小野不由美という作家が存在しなければ、わが国のホラー小説はずいぶん淋しいものになっていたはずだ。

なかでも目を引くのが初期の充実ぶりである。日本のホラー小説シーンが本格的に勃興したのは一九九〇年代初頭のことだが（たとえば鈴木《すずき》光司《こうじ》『リング』刊行が九一年、角川ホラー文庫創刊が九三年）、そうしたシーンの盛り上がりと呼応するように、小野不由美はこの時期、ホラーの野心作を相次いで執筆しているのだ。

具体的な作品名を挙げるなら、先頃『緑の我が家 Home, Green Home』のタイトルで角川文庫に収められた『グリーンホームの亡霊たち』（九〇）や、本書のオリジナル版にあたる『呪われた十七歳』（同）、「悪霊」シリーズのリブート作品である『悪夢の棲む家　ゴースト・ハント』（九四）がそれにあたる。これらはティーンズ向けの文庫レーベルで出版されたこともあり、熱心な小野不由美ファン以外には言及されてこなかったが、いずれも日本の現代ホラーを語るうえでは欠かせない作品であり、初期小野不由美の才気がいかんなく発揮された秀作となっている。

本書『過ぎる十七の春』は、九〇年七月に朝日ソノラマ・パンプキン文庫より『呪われた十七歳』のタイトルで刊行されていた長編を、改題したものである。九五年に現タイトルで講談社X文庫ホワイトハートより刊行、二〇一六年には新装版も刊行されている。それがこのほど小野不由美のホラー系作品を数多く収める角川文庫に、あらためて編入された形だ。

十七歳の誕生日を目前に控えた春休み、高校生の佐藤直樹《さとうなおき》は妹の典子《のりこ》とともに、従兄弟の久賀隆《くがたかし》の住む家に遊びに出かける。隆が母親の美紀子《みきこ》と暮らす山里の家に遊びに行くのは、兄妹にとって毎年の恒例行事だった。

春の花々が咲き乱れる谷間の集落。その中に建つ隆の家は数寄屋造りの広い日本家屋で、周囲にはおだやかな春の光景が広がっている。普段ベッドタウンの建売住宅で生活している直樹にとって、そこはまるで別天地のようだ。

同い年の従兄弟による歓迎、懐かしい伯母や久賀家で飼われているトラ猫の三代《さんだい》との再会、庭に咲き誇る花々。物語はそうした心躍る春の日を、丹念な筆致で描写していく。ここではすべてが美しく、満たされていて、心細いことなど何ひとつない……。

その完璧な世界に、かすかな異変が起こり始める。それは隆が十七歳になるのを気に病んでいるような美紀子の様子であり、寝室に何かが訪れる気配がするという隆の言葉だ。作者はそうした不穏なエピソードを、慎重な手つきで平穏な日常に混ぜ合わせる。これはまずい、と読者が気づいた時にはもう遅い。非日常の扉は、すでに大きく開かれてしまっている。

それが決定的になるのが、隆の言動の明らかな変化だ。いつもは親孝行で穏やかな彼が、まるで別人のように母親を拒絶する。飼い猫の三代は異変を察知してか、隆に寄りつかなくなってしまう。

一体この家で何が始まったのか。ひたひたと押し寄せる恐怖の小波《さざなみ》はやがて大きなうねりとなり、直樹たちを覆い尽くす。そして訪れる悲劇と、その先に待つ戦慄のクライマックス。長編ホラーにおいて恐怖と緊張をラストまで保ち続けるのは至難の業だが、若き日の小野不由美は尋常ならざる筆力と構成力で、それを見事に成し遂げている。そのことにあらためて驚嘆させられる。

『過ぎる十七の春』という物語は、いくつかの味わい方ができるように思う。たとえば和製ゴシックホラーとしての側面だ。この小説は直樹と隆という同い年の従兄弟を軸に、それぞれの母である由岐絵《ゆきえ》と美紀子、直樹の妹・典子、すでにこの世にはいない伯父や祖父母といった血縁者が重要な役割を果たす、一族の物語になっている。

海外のゴシックロマンスは古城や洋館を舞台に、名家の血塗られた因縁が解き明かされていくというパターンが多いが、一連の怪異の原因を探るため、直樹が書き付けから一族の過去をさかのぼっていくシーンはまさにゴシック風。石垣に支えられた斜面に建つ大きな日本家屋という舞台も、いかにもゴシックロマンスにはふさわしい。クライマックスシーンのひとつが墓所であることも含めて、和の様式美が隅々までいきわたったホラーなのだ。

ミステリー的な構造も大きな特徴のひとつだろう。一族の過去について調べていた直樹は、やがて降りかかる災厄にある一定のパターンがあることを発見する。この展開が実に小野不由美らしい。小野不由美のホラーにおける怪異は多くの場合、曖昧模糊とした不条理な存在ではなく、一定の超自然的ルールに則ったシステムのようなものだ。さまざまな手がかりから、怪異をもたらすものの仕組みが徐々に明かされていく展開は、本格ミステリー的な興趣に満ちている。

もっとも怪異の輪郭が明らかになったからといって、それを阻止できるわけではない。一度動き出した歯車は止まることなく、災厄をもたらし、容赦なく命を奪っていく。そのあまりにも無慈悲な展開が、人には太刀打ちできないものの存在を実感させ、物語を絶望で覆っていく。小野不由美のホラーの怖さの秘密は、このシステマティックな構造にある。

さらに注目したいのが正統派のゴーストストーリーとしての側面だ。この物語は強い怨みの念を抱いて死んだ者が、霊となって祟りをなすという古典的な怨霊譚の展開をなぞっている。ご存じのように小野不由美はこれまで〈神隠し〉〈吸血鬼〉〈土地の穢れ〉などさまざまなホラーのモチーフを扱ってきたが、死霊の怖さをここまでストレートに扱った長編は意外にもあまり例がない。

幽霊が生者の日常を侵食してくる、怪異シーンもまた出色だ。庭に訪れるものの気配が変わったことで生まれる緊張感、襖越しに聞こえる女の声の不気味さ。白眉は、霊に取り憑かれた登場人物の意識の変化を、一人称視点で語っているくだりだろう。幽霊の実在をなまなましく実感させる、屈指の怪異シーンとなっている。

それにしても一族に祟りをなす幽霊の、なんと恐ろしく哀れなことだろうか。日本の幽霊観の変遷を辿った古典的著作『日本の幽霊たち　怨念の系譜』の著者・阿部正《あべまさ》路《みち》は、同書において「日本の幽霊たちは、この世で見てはならないものを見たものたちであり、見てしまったものたちである」と述べている。『過ぎる十七の春』に現れる幽霊はまさしく、見てはならないものを見、人間の社会から疎外されることになった悲しい存在だ。日本古来の幽霊観に最接近した作品としても、『過ぎる十七の春』は貴重な試みなのである。

そしてもうひとつ、この物語は少年たちの成長物語でもある。著者の「ゴーストハント」や「営繕かるかや怪異譚」では、悩める人々の前に怪異のエキスパートが登場し、事件を解決に導いてくれる。しかしこの作品にそうしたヒーローは登場しない。直樹と隆は自分たちの力だけを頼りに、運命に立ち向かわなければならない。その命懸けの苦闘によって、ふたりは残酷な真実に触れることになる。そしてその真実は、かれらの幸せな子供時代を終わらせてしまう。

物語の序盤、山里の家がまるで桃源郷のように描かれていたことを思い出してほしい。それは失われることが約束されたかりそめの楽園であり、だからこそあれほど美しかったのだ。そのことに気づき、幸せな子供時代の終わりに直面した少年たちは、亡き者から受け取った思いを胸に、新たな一歩を踏み出していく。少年期のイニシエーション（通過儀礼）を過ぎ去る美しい季節とともに描き、この物語は深い余韻を残す。

小野不由美が『過ぎる十七の春』を発表してから早くも三十年あまりが経過した。今日わが国のホラーシーンはかつてない活況を呈し、中でも旧家の悲劇・因縁を描いた作品や、呪詛を扱ったオカルト的な作品は人気が高い。そうした作品を好む若い読者は、本作を読んで驚くのではないだろうか。

呪われた一族の悲劇を描ききった、ジャパニーズホラーの逸品。何年経っても色あせることのない恐怖と感動を、あらためて堪能していただきたい。

本書は、一九九〇年七月に朝日ソノラマより刊行されたパンプキン文庫『呪われた十七歳』を改題し、大幅に加筆修正した講談社X文庫ホワイトハート版『新装版　過ぎる十七の春』(二〇一六年三月)を加筆修正したものです。

過《す》ぎる十七《じゅうしち》の春《はる》

小野不由美《おのふゆみ》

令和5年 1月25日　初版発行

発行者●山下直久

発行●株式会社KADOKAWA
〒102-8177　東京都千代田区富士見2-13-3
電話　0570-002-301（ナビダイヤル）

角川文庫 23494

印刷所●株式会社暁印刷
製本所●本間製本株式会社

表紙画●和田三造

●お問い合わせ
https://www.kadokawa.co.jp/（「お問い合わせ」へお進みください）
※内容によっては、お答えできない場合があります。
※サポートは日本国内のみとさせていただきます。
※Japanese text only

ISBN 978-4-04-112751-3　C0193

◇◇◇

角川文庫発刊に際して

角川源義

第二次世界大戦の敗北は、軍事力の敗北であった以上に、私たちの若い文化力の敗退であった。私たちの文化が戦争に対して如何に無力であり、単なるあだ花に過ぎなかったかを、私たちは身を以て体験し痛感した。西洋近代文化の摂取にとって、明治以後八十年の歳月は決して短かすぎたとは言えない。にもかかわらず、近代文化の伝統を確立し、自由な批判と柔軟な良識に富む文化層として自らを形成することに私たちは失敗して来た。そしてこれは、各層への文化の普及滲透を任務とする出版人の責任でもあった。

一九四五年以来、私たちは再び振出しに戻り、第一歩から踏み出すことを余儀なくされた。これは大きな不幸ではあるが、反面、これまでの混沌・未熟・歪曲の中にあった我が国の文化に秩序と確たる基礎を齎らすためには絶好の機会でもある。角川書店は、このような祖国の文化的危機にあたり、微力をも顧みず再建の礎石たるべき抱負と決意とをもって出発したが、ここに創立以来の念願を果すべく角川文庫を発刊する。これまで刊行されたあらゆる全集叢書文庫類の長所と短所とを検討し、古今東西の不朽の典籍を、良心的編集のもとに、廉価に、そして書架にふさわしい美本として、多くのひとびとに提供しようとする。しかし私たちは徒らに百科全書的な知識のジレッタントを作ることを目的とせず、あくまで祖国の文化に秩序と再建への道を示し、この文庫を角川書店の栄ある事業として、今後永久に継続発展せしめ、学芸と教養との殿堂として大成せんことを期したい。多くの読書子の愛情ある忠言と支持とによって、この希望と抱負とを完遂せしめられんことを願う。

一九四九年五月三日

角川文庫ベストセラー

ゴーストハント4　死霊遊戯　小野不由美

新聞やテレビを賑わす緑陵高校での度重なる不可解な事件。生徒会長の安原の懇願を受け、SPR一行が調査に向かった学校では、怪異が蔓延し、「ヲリキリさま」という占いが流行していた。シリーズ第4弾。

ゴーストハント5　鮮血の迷宮　小野不由美

増改築を繰り返し、迷宮のような構造の幽霊屋敷へ集められた霊能者たち。シリーズ最高潮の戦慄がSPRを襲う！　ゴーストハントシリーズ第5弾。

ゴーストハント6　海からくるもの　小野不由美

日本海を一望する能登で老舗高級料亭を営む吉見家。代替わりのたびに多くの死人を出すという。一族にかけられた呪いの正体を探る中、ナルが何者かに憑依されてしまう。シリーズ最大の危機！

ゴーストハント7　扉を開けて　小野不由美

能登からの帰り道、迷って辿り着いたダム湖。そこにナルが探し求めていた何かがあった。「オフィスは戻り次第、閉鎖する」と宣言したナル。SPR一行は戸惑うも、そこに廃校の調査依頼が舞い込む。驚愕の完結。

赤い月、廃駅の上に　有栖川有栖

廃線跡、捨てられた駅舎。赤い月の夜、異形のモノたちが動き出す――。鉄道は、私たちを目的地に運ぶだけでなく、異界を垣間見せ、連れ去っていく。震えるほど恐ろしく、時にじんわり心に沁みる著者初の怪談集！

角川文庫ベストセラー

幻坂　有栖川有栖

坂の傍らに咲く山茶花の花に、死んだ幼なじみを偲ぶ「清水坂」。自らの嫉妬のために、恋人を死に追いやってしまった男の苦悩が哀切な「愛染坂」。大坂で頓死した芭蕉の最期を描く「枯野」など抒情豊かな9篇。

濱地健三郎の霊《くしび》なる事件簿　有栖川有栖

心霊探偵・濱地健三郎には鋭い推理力と幽霊を視る能力がある。事件の被疑者が同じ時刻に違う場所にいた謎、ホラー作家のもとを訪れる幽霊の謎、突然態度が豹変した恋人の謎……ミステリと怪異の驚異の融合！

眼球綺譚　綾辻行人

大学の後輩から郵便が届いた。「読んでください。夜中に、一人で」という手紙とともに、その中にはある地方都市での奇怪な事件を題材にした小説の原稿がおさめられていて……珠玉のホラー短編集。

Another（上）（下）　綾辻行人

1998年春、夜見山北中学に転校してきた榊原恒一は、何かに怯えているようなクラスの空気に違和感を覚える。そして起こり始める、恐るべき死の連鎖！名手・綾辻行人の新たな代表作となった本格ホラー。

Another エピソードS　綾辻行人

一九九八年、夏休み。両親とともに別荘へやってきた見崎鳴が遭遇したのは、死の前後の記憶を失い、みずからの死体を探す青年の幽霊、だった。謎めいた屋敷を舞台に、幽霊と鳴の、秘密の冒険が始まる――。

角川文庫ベストセラー

深泥丘奇談《みどろがおかきだん》　綾辻行人

ミステリ作家の「私」が住む〝もうひとつの京都〟。その裏側に潜む秘密めいたものたち。古い病室の壁に、長びく雨の日に、送り火の夜に……魅惑的な怪異の数々が日常を侵蝕し、見慣れた風景を一変させる。

深泥丘奇談《みどろがおかきだん》・続《ぞく》　綾辻行人

激しい眩暈が古都に蠢くモノたちとの邂逅へ作家を誘う。廃神社に響く〝鈴〟、閏年に狂い咲く〝桜〟、神社で起きた〝死体切断事件〟。ミステリ作家の「私」が遭遇する怪異は、読む者の現実を揺さぶる——。

深泥丘奇談《みどろがおかきだん》・続々《ぞくぞく》　綾辻行人

ありうべからざるもうひとつの京都に住まうミステリ作家が遭遇する怪異の数々。濃霧の夜道で、祭礼に賑わう神社で、深夜のホテルのプールで。恐怖と忘却を繰り返しの果てに、何が「私」を待ち受けるのか——!?

夢違　恩田　陸

「何かが教室に侵入してきた」。小学校で頻発する、集団白昼夢。夢が記録されデータ化される時代、「夢判断」を手がける浩章のもとに、夢の解析依頼が入る。子供たちの悪夢は現実化するのか？

私の家では何も起こらない　恩田　陸

小さな丘の上に建つ二階建ての古い家。家に刻印された人々の記憶が奏でる不穏な物語の数々。キッチンで殺し合った姉妹、少女の傍らで自殺した殺人鬼の美少年……そして驚愕のラスト！

角川文庫ベストセラー

ふちなしのかがみ　辻村深月

冬也に一目惚れした加奈子は、恋の行方を知りたくて禁断の占いに手を出してしまう。鏡の前に蠟燭を並べ、向こうを見ると——子どもの頃、誰もが覗き込んだ異界への扉を、青春ミステリの旗手が鮮やかに描く。

きのうの影踏み　辻村深月

どうか、女の子の霊が現れますように。おばさんとその子が、会えますように。交通事故で亡くした娘を待ちわびる母の願いは祈りになった——。辻村深月が〝怖くて好きなものを全部入れて書いた〟という本格恐怖譚。

おそろし　三島屋変調百物語事始　宮部みゆき

17歳のおちかは、実家で起きたある事件をきっかけに心を閉ざした。今は江戸で袋物屋・三島屋を営む叔父夫婦の元で暮らしている。三島屋を訪れる人々の不思議話が、おちかの心を溶かし始める。百物語、開幕！

あんじゅう　三島屋変調百物語事続　宮部みゆき

ある日おちかは、空き屋敷にまつわる不思議な話を聞く。人を恋いながら、人のそばでは生きられない暗獣〈くろすけ〉とは……宮部みゆきの江戸怪奇譚連作集「三島屋変調百物語」第2弾。

泣き童子　三島屋変調百物語参之続　宮部みゆき

おちか1人が聞いては聞き捨てる、変わり百物語が始まって1年。三島屋の黒白の間にやってきたのは、死人のような顔色をしている奇妙な客だった。彼は虫の息の状態で、おちかにある童子の話を語るのだが……。

角川文庫ベストセラー